日本名城紀行 6

遠藤周作
井上友一郎
豊田穣
馬場あき子
山田風太郎
安西篤子
早乙女貢
赤江瀑
大原富枝

SHOGAKUKAN
Classic Revival

目次

箕輪城

遠藤周作

えんどう・しゅうさく

1923年～1996年。55年、「白い人」で芥川賞受賞。ほかに「海と毒薬」「沈黙」「死海のほとり」「深い河」など。

野望に生きた人びとの気配

よく見れば　なづな花咲く垣根かな　　芭蕉《ばしょう》

古いものがつぎつぎと破壊されていくこの東京《とうきょう》にさえも、注意ぶかく眼をくばるならば、意外と興趣をそそるものが、まだたくさん残っている。そのひとつが、遠いむかし、東京が江戸《えど》とよばれる以前に武蔵野《むさしの》一帯に割拠していた武士・豪族たちの城跡である。

もう十年以上も前のことになるが、ある日、わたしはのんびりと世田谷《せたがや》のあたりを散歩していた。そのころ、愛読していた書物に『江戸名所図絵《えどめいしょずえ》』があり、それを頼りに、もはやだれからも忘れられ、うち捨てられた寺社、仏閣を見物するのをたのしみにしていたのである。

この日も、井伊《いい》家の菩提寺《ぼだいじ》である豪徳寺《ごうとく》寺を見物したあと、山門を出て左に向かった折しも、そこに世田谷城跡と書いた札を見つけた。城跡というほどはないが、広さ一〇〇メートル四方ばかりの場所に、よく見ればなるほど、空濠《からぼり》の跡らしきものが残っている。碑には、ここがそのむかし、吉良《きら》家の城があった場所だと書いてあった。

その日は空濠の跡を徘徊《はいかい》したあと、陋居《ろうきょ》にもどって書架《しょか》から古書をとり出してひらき、はじめてこの城の由来はもとより、すぐそばの「ボロ市《いち》」で有名な上町《かみまち》が城下町の構造をなしていること、玉川電車線路（現在、地下を新玉川線が走っている）近くの世田谷八幡《はちまん》宮が世田谷城の出城であり、小田急経堂《きょうどう》付近に松原《まつばら》姓を名のる人が多いが、それらは当時の家臣たちの子孫であることなどを知って、はなはだ興趣をおぼえたのである。

以来、わたしはこの時代の城跡を見物して歩くようになった。たとえば、蕎麦《そば》で名高い深大《じんだい》寺に行けば、茶店に腰かけるよりも寺の見物よりも、そこから五〇〇メートルほど歩いた地点にいまだに残る深大寺城の跡を訪れた。ここにはいまでも、櫓《やぐら》台・帯曲輪《くるわ》・空濠・土塁の跡が残っている。この城は、扇谷上杉《おうぎがやつうえすぎ》家の城のひとつで、小田原《おだわら》の北条早雲《ほうじょうそううん》の勢力に対抗するために築かれたものである。

また、たとえば、石神井《しゃくじい》に住む人は下石神井の氷川《ひかわ》神社に関東武士の名家だった豊嶋《としま》氏の本拠地、石神井城があったのをご存知だろうか。この神社の横にある三宝寺池《さんぽうじ》は、当時のおもかげをそのまま残している。そしてこの氷川神社は、太田《おおた》道灌《どうかん》と豊嶋泰経《やすつね》の軍がはげしく戦った場所なのである。

渋谷《しぶや》で観劇や買い物をされた人は、金王八幡宮に寄られるといい。ここはやはり関東武士団のひとつだった渋谷氏の本拠地だといわれる場所である。もちろん、これについては確証があるわけではないが、古伝はそう伝えているのである。

東京都内ばかりでなく、旅に出たときも、わたしはかならずその町の古い山城の跡をたずね、草のなかに、木立のなかに、歴史を探訪するようになった。そしてそのたびに、町々には「城マニア」がおられるのを発見して、世には同好の士が多いことにおどろいてきたしだいである。

こうした埋もれて、滅びてゆく城の見物は、人に語るほどのこともないと考え、友人にも黙っていたが、まだ山城に関心のない人たちに、このたのしみをお教えしたい。

読者よ、出張の折、旅行の途中、ドライブのさい、小さな町に行かれる機会があれば、いたずらに駅前のパチンコ屋でジャラジャラ玉の音をたてるなかれ。ホテルのベッドや宿屋の畳に仰向けになり、鼻毛ひき抜いて、旅の退屈をまぎらわすなかれ。その町の町はずれのどこかに、かならず城跡がある。そこには人影もなく、看板もなく、青い空しかないように見える。戦国以前、あるいは戦国時代の城跡は、江戸以降の平野部にある水濠《みず》で囲まれた平城と違い、堂々たる石垣・白壁の天守閣などあるわけでもなく、ただわずかに土塁・空濠らしきものが雑木林や雑草のなかに、ひそかに残っているにすぎないからだ。

しかし、それだけにいっそう、むかし、そこに住み、そこで戦い、そこで死んでいった人びとの野心や欲望や運命のにおいが感ぜられる。そこに生きていた人びとの人生の気配が濃く、身近に感じられるのである。

ただわたしは、今日にいたるまでこのような山城をたずね、城郭についての書物も多少読みふけってはきたが、いまだにはっきりつかめないことがある。

それはこれら戦国以前、戦国時代の城がどのような外観をもっていたかである。なるほど専門書には、当時の城郭の構造・種類について説明はしてあるが、今日まで、山城を写した一枚の絵も、わたしは見たことがない。城の跡をたずねるたびに、思いを三百年、四百年のむかしにはせて、ここに、いったいどのような姿・かたちをした館《やかた》や城が存在したのか？　と想像をたくましくするのである。が、どうしてもその正確なイメージは心に浮かんでこない。この点について知識のある方は、どうぞご教示いただきたい。

小豪族、長野業盛の悲劇

さて、どこの山城を訪れるかと、いろいろと思案した結果、上州(群馬県)の箕《み》輪《の》城をえらんだが、これには大きな理由がある。

戦国時代の名もない砦《とりで》や山城がわたしの心をひきつけるのは、それが弱者の悲劇を一身に背負っている場合が多いからである。関東地方に点在する多くの小豪族の城には、ほとんどこの弱者の悲劇がある。彼らは、小田原《おだわら》の北条《ほうじょう》、甲斐《かい》（山梨県）の武田《たけだ》、北越の上杉《うえすぎ》という三つの大きな勢力にはさまれながら、その去就を一歩でもまちがえば、どちらかの軍馬の蹂躙《じゅうりん》にさらされるのであった。小さな城であればあるほど、その運命は毎年、風前のともしびのようにあぶなかった。現代のサラリーマンの人事問題や、大企業の圧力に苦しむ零細企業のようなものである。

三つの勢力の間のいずれかで合戦がはじまると、敵味方の両者から、これらの小さな城に、味方になるように要求、というより、強要してくる。中立は絶対に許されない。いちばんいい方法は、去就を最後まで明らかにせず、形勢をうかがいながら、勝ち目のあるほうに従うことだが、これとて危険がある場合もあったろう。呼びかけに遅参したという理由だけで、罰せられたり所領を削減される例もあったからだ。

しかし、どちらかをえらぶとなると、領主も単純に選択はできない。長年の恩顧、現在の利害、一族家臣の離反——すべて、これらを思いながら決断しなければならぬ。

それはひとつの賭《かけ》であった。この時代はまだ、儒教《じゅきょう》的な武士道は確立していなかったから、これらの小さな領主が忠義心から合戦に馳《は》せ参じたとは思えないのである。彼らは自分と家と小さな領地の存続のために、大勢力のどちらかに骰子《さいころ》を投げたのである。賭が成功すれば本領は確保できるが、失敗すれば、城も一族もこの地上から根だやしにされる。なさけ容赦のない運命が、毎年、彼らを待ちうけている。

箕輪城をえらんだのは、わたしには、この城がそうした関東小豪族の悲劇をもっとも象徴している城だと思われたからである。

永禄《えいろく》九年(一五六六)九月、この城主、長野業盛《ながのなりもり》は、二万の武田信玄《しんげん》勢をまともにうけて、千五百名の手兵と三日間凄惨《せいさん》な戦いののち、自決したが、この三日の運命ほど小領主の悲劇を象徴しているものはない。『常山紀談《じょうざんきだん》』には、「長野信濃守上野国《しなののかみこうずけのくに》箕輪城を守る事」という項目がある。

「上杉の旧臣、上野の長野信濃守業正《なりまさ》（業盛の父、業政）は、在五中将業平《ちゅうじょうなりひら》の後胤《こういん》なりと言へり。世々《よよ》上野・箕輪に在り。この城は榛名《はるな》明神の山の尾崎を採りて城の廓《くるわ》とす。廓の形箕《み》の手に似たりとて箕輪といふ。上杉家衰へけれども独立して武威を振ひ、信玄に属せず。信玄これを攻むること五年、つひに一度も（業正は）後《おくれ》を取らず、病の後（業正の死後）二年を経て落城すと言へり」（注は引用者）

この簡単な記述のなかには、おびただしい数の人間の人生が埋め込まれているのである。彼らの生と死を発掘すべく、わたしは車を走らせた。秋らしく空気がひややかに澄んだ、空の青い日であった。

東京から車で中山道《なかせんどう》を軽井沢《かるいざわ》・小諸《こもろ》・長野に向かわれる方は、高崎《たかさき》のあたりにくれば、それとなく気をつけられるがよい。退屈な桑畠が過ぎて、倉賀野《くらがの》・安中《あんなか》・松井田《まついだ》と細長い町を通り過ぎるたびに、すこし注意していると、かならず城跡を示す立て札があるはずである。

これらの城は、そのころ、すべて、箕輪城の支城、もしくは、長野一族の勢力範囲の城だったのである。武田信玄に滅ぼされた長野業盛の父、業正には男の子どもはふたりしかいなかったけれども、系図には、娘がなんと十二名いると記されている。生みも生んだりという気がするが、さらに調べてみると、業正は、沼《ぬま》田《た》城主の沼田景康《かげやす》に自分の養女をやっているから、これら十二名の娘はすべて実子ではなく養女であったのだろう。

言いかえれば、これら小豪族にとっては、付近の城主を懐柔するためには血縁関係になることが第一の策であるから、政略結婚の道具たる娘をもつことは彼らにとって、絶対、必要だったのであろう。

信玄を翻弄したゲリラ戦

箕輪《みのわ》は高崎《たかさき》から遠くない。高崎を流れる烏川《からす》を軽井沢《かるいざわ》方面に道をとらずに、そのまま川沿いの方向に車を走らせれば、やがて箕輪方向に行く道路にぶつかるはずである。町並みがすこし過ぎると、榛名《はるな》の山々が褐色《かつ》に高くひろがる。桑畠と平原が左右にひらけ、間もなく箕輪の町に入る。

細長い、古い町である。うねりくねったせまい道を伝ってゆくと、まだ藁葺《わらぶ》き屋根の農家が残っている。剝《は》げ落ちそうな土の壁に、傾きかかった秋の陽があたっていた。ひなびた山里の気配が、城跡を訪ねるにふさわしい雰囲気《ふんいき》をかもしだしている。城はこの町はずれ、榛名山の尾根が平野へ下り、突出した部分にある。

この台地の一郭に立って、榛名の山々、また西は安中《あんなか》・松井田《まついだ》の向こうの妙義《みょうぎ》山・碓氷《うすい》を遠望していると、城主、長野業正《ながのなりまさ》の置かれていたポジションと心理とが、多少は理解できるような気がする。

ここはいわば、関東《かんとう》が中部から侵攻軍に対して守る前線の最大の基地であり、人間の身体にたとえれば喉《のど》のような重要地点なのである。ここが陥落できれば、侵入軍はいっきょに洪水《こうずい》のように南下できるし、ここで敗退すれば、その痛手によって兵をまとめて引き揚げなければならない。

上野国《こうずけ》はまた、土が肥え、水の便がよく、気候も温和で豊かな穀倉地帯である。合戦だけでなく外交戦術にもたけた信玄《しんげん》は、業正を懐柔する誘いをかけたことがあった。業正はこれを拒んだ。

しかし、拒まれてひきさがるような男ではない。関東征服の野望に燃える信玄は、強力な軍勢を率いて、永禄《えいろく》二年（一五五九）、三年、四年と、たてつづけに、執拗《しつよう》に箕輪城を攻略しようとこころみたのである。

業正はそのたびに、老臣、藤井友忠《ふじいともただ》の補佐でゲリラ戦を展開し、勝利を得ている。それは当然のことであろう。敵は兵站《へいたん》線が延びきっての戦いだが、こちらは本拠地の戦いだから、勝手知ったる地の利を利用して、思うぞんぶん相手を攪乱《かくらん》すればいい。長野業正は、そのために各支城と連絡を密にし、夜襲をしかけ、大雨を利用して攻撃をし、いっぽうで攻めて、こちらを衝《つ》き、衝けば長居はせずに兵を引くという、八路《はちろ》軍顔負けのゲリラ戦をとった。郷土史家・下田徳太郎氏の『箕輪城物語《みのわじようものがたり》』につぎのように描かれている。

「信玄はその将、飯富虎昌《おぶとらまさ》に安中城を攻めさせ、自分は鼻高《はなだか》（旧碓氷郡八幡《やわた》村、現高崎市）に陣し、和田《わだ》城をおとしいれて、一挙に箕輪城をうち破ろうとした。業正は安中城からの急報をうけて、ただちに出陣し、碓氷川を隔てて信玄に対し、いっぽう、快速部隊に安中城を迂回《うかい》させ、信玄の後陣を討たしめて、これを踏み破り、武田《たけだ》軍が混乱しているのに乗じて、急に軍を引き揚げ、安中から里見《さとみ》に出て、雉郷《きじごう》の砦《とりで》に入った。翌日、信玄は和田城の攻略を中止して、業正を捕えようとして雉郷の砦を囲み、砦内に突入すれば軍兵は居らない。この時すでに業正は対岸の鷹留《たかどめ》城に入っていた。信玄はやっきとなって、その将、山県昌《やまがたまさ》景《かげ》をやって鷹留城を包囲させた。ところが業正はこの事を察して、鷹留城主・業通《なりみち》に謀をさずけて、自分は包囲されるより前に間道を通って箕輪城に帰ってしまい……」

こうした業正の神出鬼没な戦法で、甲州《こうしゅう》軍はそのたびに、にがい痛手を負い、すごすごと引き揚げなければならなかった。

業正がどのくらい、このような戦闘には勝つことができても、戦争には勝てない小領主の運命を意識していたか、わからない。支持する関東管領《かんれい》・上杉憲政《うえすぎのりまさ》が頼りにならぬ主君であることは、彼といえども百も承知していただろう。にもかかわらず、彼が小田原《おだわら》の北条《ほうじょう》にも帰順せず、はるかに遠い越後《えちご》（新潟県）の長尾景虎《ながおかげとら》（上杉謙信《けんしん》）によしみを通じて、甲州武田に頑固《がんこ》に抵抗しつづけたのはなぜか？

それは、おそらく上州《じょうしゅう》の人間に特有な、一匹狼《おおかみ》の血が彼にも流れていたからかもしれぬ。だが一匹狼は、やがては衆をたのむ群狼の餌食《えじき》になる……。

業正は七十一歳で死んだ。永禄四年十一月のことである。その死のようすが『関八州古戦録』にある。息子の業盛《なりもり》を枕頭《ちんとう》によび寄せて、業正はこういった。

「年命限り有《あり》て今黄泉《よみ》に往《ゆか》んとす。然《しか》あれども尽未来《みらい》際、此欝憤《このうつぷん》は散《ちら》すべからざるの条、死骸《しがい》をば累世の菩提《ぼだい》所なれば室田へ送り、長年寺ノ土中ニ埋捨《うめすつ》ベシ。経陀羅尼《きょうだらに》の作善も無益ナリ。只《ただ》一人ナリ共《とも》、敵の首を霊前に切懸《きりかけ》、是《これ》ヲ汝《なんじ》ガ孝養トスベシ」

わしが死んでもお経の供養などいらない、ひとりでも敵の首を霊前にそなえることが親孝行だ――老いたる一匹狼のすさまじいまでの執念と気迫がひしひしと感じられる最期であった。この業正の死を、重臣たちはかたく秘めた。だが、信玄は彼の放った甲賀《こうが》忍者の情報収集によって、その死を知った。

新城主、業盛はまだ十七歳の若者であり、家臣団は深く喪を秘めてはいるものの、老主の死で動揺している。この最大の攻撃のチャンスを、信玄が見逃すはずがなかった。業正が一匹狼ならば、信玄は虎《とら》であった。それも狼の群れを率いる虎である。

過去三回の戦いでは、支城をたくみに使ってのゲリラ戦に悩まされたから、当然、これらの支城を先につぶして箕輪城を孤立無援にし、あとは力にまかせて四方から攻撃するに若《し》くはない。武田勢はその作戦をとった。

永禄四年、信玄は一万三千の軍を引き連れて、有力な支城のひとつである小幡《おばた》城をねらった。まず箕輪城攻略の前線基地を確保するためであった。

このとき、小幡城には、小幡景定《かげさだ》がいた。もともと相婿である小幡信定《のぶさだ》の居城だったのだが、信定は景定と不和になって甲州へ行き、信玄につかえていた。信玄は攻撃にさいして、信定に、景定とはいったいどのような男かと尋ねた。そして信定の答えを聞き、信玄は奇計を考えだした。

いかにも知恵者の信玄らしい奇計で興味ぶかいので、『上州治乱記』から引用してみる。

「(信玄は)尾張守《おわりのかみ》信定を招き、信定に尋ねけるは、足下の弟図書之介《ずしょのすけ》(景定)が気質如何《いかん》と、信定答えていわく、景定は器量も力も人に勝《すぐ》れ、武勇抜群、大剛の者なれども、事におどろき周章する性質なりと、信玄これを聞き、さては術《すべ》こそあらめと、内藤修理《ないとうしゅり》(小荷駄奉行《こにだぶぎょう》)に下知なし……」(注は引用者)

景定はあわてものだと知り、信玄は、小荷駄一頭に提燈《ちょうちん》をふたつずつつけ、馬追い人足にも松明《たいまつ》を一本ずつ持たせた。旗本には竿《さお》の先に提燈を結びつけさせ、これらに一度に火をつけて小高い場所へいっせいにのぼらせようという作戦である。さらに信玄は軍勢を三つにわけて、箕輪・安中・松井田の三方面に配備して牽制《けんせい》した。そして旗本《はたもと》や脇《わき》ぞなえの数千の兵を小幡城に進め、かねてうち合わせのとおり、いっときに提燈に火を入れて馬を高い場所に追いあげ、松明をふりかざして、鬨《とき》の声をあげた。

城中の景定はおどろいて度を失い、こんなにすさまじい大軍ではかなわないと自害してしまった。その夜は「暗夜」だったという記録もあるが、景定はあわてものなだけではなく、気の小さい男でもあったのだろう。

こうして上野国（群馬県）を攻略する足場を得て、信玄はその日を指折り数えはじめるのである。その日とは、あの有名な軍配団扇《うちわ》で箕輪城総攻撃の指揮をする日である。

孤立の果て決戦をいどみ自刃

夕暮れの城の跡は人影なく哀《かな》しい。

大きな赤くうるんだ夕陽が雑木林の先端に輝き、妙義《みようぎ》山のすぐ向こう側へ沈んでいく。ねぐらに帰る烏《からす》がなき、そのむかし、矢音、銃声、刀の響きや人馬の声が入り乱れた二の丸も空濠《からぼり》も、いまは静まり返って桑の葉が茂る畠と変わっている。

だが、三の丸に立って暮れなずむまわりを俯瞰《ふかん》すると、この城が自然をたくみに利用して築かれていることがよくわかる。大類伸氏監修の『日本城郭全集《にほんじょうかくぜんしゅう》』や『名城名鑑《めいじょうめいかん》』によれば、並郭式構造を基調にした丘城である。中心は御前《ごぜん》曲輪《くるわ》・本丸・二の丸と並ぶ三郭で、これを囲む堀は深さ一五メートル、幅四、五〇メートルに及ぶ。この西側に通仲郭・蔵屋敷・三の丸・鍛冶《かじ》郭などがあり、各郭ごとに深い空濠で区画され、土塁が築かれていた。

城は白川という烏川の支流に沿っている。川は濠のかわりをなしている。三の丸から現在、大手とよばれるコンクリートづくりの団地がある一帯は、かつて榛《はる》名《な》沼とよばれる沼沢地だったから、城四方のうち半分は攻撃軍にとっては攻めにくい方角になる。

しかもこの台地からは、東西南北に散在する各支城の狼煙《のろし》がすぐ見られるようになっている。支城でも箕輪《みのわ》城からあがる狼煙で、おたがいの意思は会話のようによく通じたであろう。平地に引き入れて周囲の支城から包囲作戦をとるもよし、一か所で戦ってハチのように刺し、すぐ、別の出城に移り、さらに他の支城から背後やわきに攻めかからせる奇襲戦法もよし、知恵者の信玄《しんげん》が業正《なりまさ》に悩まされたのも無理からぬことだった。

だが、サッカーボールのように、あちこちへ蹴《け》とばされてばかりはいられない。信玄は自分を蹴とばした支城をしらみつぶしにしたあと、本城を攻める作戦をたてていた。

永禄《えいろく》七年（一五六四）十月、日本最強を誇る騎馬隊を中核とする精兵二万六千を率いて、信玄は余地《よち》峠を越えて西上州《にしじょうしゅう》に侵入、すでに小幡信定《おばたのぶさだ》を待たせてある小幡城に入った。そしてたちまちのうちに碓氷《うすい》以南の長野《ながの》軍の諸城を攻略、箕輪城の両腕ともいうべき、安中《あんなか》・松井田《まついだ》に攻撃をかけた。両城とも業正が生きていたころは、陽動作戦の駒《こま》として重要だった城である。

わたしはまだ安中城跡に行っていないが、『日本城郭全集』によれば、この城は永禄二年、つまり武田《たけだ》軍との交戦下ないし、一触即発という情勢のもとに築かれた。だから十分な普請《ふしん》ができなかったこともあり、現在では九十九川《つくも》の崖端《がけ》近くに天守に相当する櫓台《やぐら》と土塁らしきものが残っているだけで、復元も困難だそうである。

この城で安中忠成《ただしげ》は、わずかな手兵で武田の大軍に応戦したものの、たちまち降伏してしまった。

忠成の父、松井田城主・安中忠政《ただまさ》は六百の手兵とともに死力をつくして防戦した。松井田城は、高崎《たかさき》から横川《よこかわ》に向かう国道に沿っているからすぐわかる。補陀《ほだ》寺という古い寺が見えるから、その背後をのぼってゆくとよい。補陀寺はのちに北条《ほうじよう》家の家来でここの城主となり、豊臣秀吉《とよとみひでよし》の小田原《おだわら》攻めにさいして前田利家《まえだとしいえ》とはげしく戦った大道寺政繁《だいどうじまさしげ》の館《やかた》跡である。城は周到な縄張りで難攻不落といわれ、武田軍は大きな犠牲をはらってようやくこれを抜いた。

安中の忠成は許されて信玄の配下に入り、松井田の忠政は詰腹を切らされた。しかし、どちらが幸運であったかは、黒白つけがたい。余談になるが、許された忠成とその郎党《ろうとう》は、長篠《ながしの》の合戦（天正《てんしよう》三年、一五七五）に加わり、忠成以下ひとりも生還できなかった。二年後の永禄九年九月、信玄は箕輪城を屠《ほふ》るべく兵を進めた。

安中城が落ち、松井田城が陥落すれば、あと、残る重要な支城は、鷹留城ただ一つである。その時の鷹留城主は業正の甥《おい》にあたる長野業通《ながのなりみち》だったが、彼は兄弟たちと烏川に対陣し、勇ましく戦ったものの、城内の裏切り者の放火のために城は燃え、城兵たちはここを捨てて箕輪城に逃げ込んだ。信玄の作戦はここでまったく成功したのである。

いまや孤立した箕輪城に、信玄は九方面から同時攻撃をかけた。

九月二十日ころ、榛名山から吹きおろす膚を刺す木枯しのなかを、風林火山の旗を押したてた甲州《こうしゅう》の本勢は、現在の信越《しんえつ》本線の沿線、八幡付近から若田《わかだ》ヶ原《はら》——土地の人は若田ッ原《ぱら》とよぶ——方面に進出した。若田ヶ原は碓氷川の北岸、板鼻の北東にある台地一帯である。ここを占領するかいなかで、勝敗が決する戦略上重要な場所であった。

これに対し、長野勢は城にほとんど兵を残さず、全軍で総突撃を開始した。死にものぐるいなので、武田軍の内藤修理《ないとうしゅり》、那波無理之介《なわむりのすけ》などをはじめとする陣が崩れて混乱し、安中へ退却した。しかし長野勢も疲労がはげしく、深追いできる余力がなかったので軍をまとめて箕輪城に帰った。業正の代からの忠実で戦《いくさ》じょうずな藤井友忠《ふじいともただ》の指揮によるものである。

わたしには、戦いを終えて帰城する両軍の将兵の疲れたうしろ姿が目に見えるような気がする。おそらくだれもが、なぜ戦争をするのか、しなければならないか、と考えながら歩いていたのに相違あるまい。そしてだれもが平和な気持ちで火のそばでくつろぎ、あたたかい食物を手にすることを夢想していたのだろう。

明くる日、信玄は、箕輪城の東西南北を軍勢で埋めつくし、包囲陣をしだいに縮小し、若田ッ原は小競り合いがあっただけで武田軍に完璧《かんぺき》に占領された。信玄は明日の総攻撃を待った。余裕しゃくしゃく、側近のものに肩でもたたかせていたかもしれぬ。

城内では千五百の将兵が籠城《ろうじょう》戦をし、城を枕《まくら》に討死することを覚悟しながら、逆茂木《さかもぎ》を置き、木戸を強化し、岩石・木材をたっぷり用意して決戦にそなえていた。

二十九日。

武田軍の包囲態勢は完璧であった。山野はすべて武田軍の旗差物・馬印で埋められ、風にはためいていた。

信玄は本陣を生原（上郊村内出）に置いていた。そして、信玄の持つ軍配団扇《うちわ》はついに箕輪城に振り向けられたのである。現在残されている長谷川等伯《はせがわとうはく》が描いた画像を見ると、信玄はでっぷりとした肥満体で、鼻の下にカイゼル髭《ひげ》をたくわえ、もみあげをのばしている。目は小さいが鋭く光っている。その小さいが鋭く光る目には、箕輪城を落とせるという自信がたたえられていただろう。

まず武田軍は楯《たて》を並べて城におし寄せ、正面の逆茂木をとろうとした。城内から鉄砲が撃ち出され、前衛部隊はつぎつぎと倒れた。そのため動揺して後退しようとしたが、あとから前進してくる部隊が士気高く、前へ前へと押すので隊伍《たいご》が乱れた。そこへさらに城内からのはげしい銃火と矢を浴びて六百人の死傷者を出して敗退。武田勢はそこで箕輪城のいちばん弱い箇所といわれている新曲輪と搦手《からめて》に主力を投入したのである。

しかし、この搦手の守りもかたかった。城中からは鉄砲や矢が撃ち出され、濠を埋めた敵兵に、岩石や木材を投げ落として防いだ。混乱する武田軍を、木戸をひらいて出撃し、さんざん苦しめた。それもそのはずで、ここの守将は上泉信綱《かみいずみのぶつな》（秀綱）、のちに剣聖といわれた上泉伊勢守《いせのかみ》で、身長一メートル八〇センチ以上もある彼は、三尺八寸の大刀を振りまわしての大活躍であったと伝えられている。講談でも有名な塚原卜伝《つかはらぼくでん》・丸目蔵人《まるめくらんど》・疋田文五郎《ひきだ》・柳生宗厳《やぎゅうむねよし》などの剣客は、みなこの上泉伊勢守の弟子で、彼は新陰流《しんかげ》を創案したのである。

今日、この搦手のあたりには、空濠の跡がはっきり残っている。雑草と畠に埋もれたこのあたりは、むかしはもっと濠も深く、崖《がけ》も絶壁に切り落としてあったろう。

だが多勢に無勢、つぎつぎと新手をくりだす甲州勢に対し、疲労困憊《こんぱい》した城兵はついに抗しきれず――上泉伊勢守は切り抜けて落ちのびた――武田軍は雪崩《なだれ》のように城内に殺到した。

この搦手の戦いは武田勝頼《かつより》にとって初陣だったという。彼は先に述べたゲリラ戦の名人、藤井友忠と一騎打ちを行ない、大力無双の友忠に組み伏せられて、首を掻《か》かれそうになったところを、家臣の原加賀守《はらかがのかみ》にたすけられ、危うく命びろいをしたという話もある。

城主業盛は、生き残った二百名の城兵とともに最後の決戦を挑《いど》んで敗れると、本丸に引き揚げ、持仏堂《じぶつどう》に入って辞世を書いた。

春風に梅も桜も散り果てて
名のみぞ残る箕輪の山里

念仏を三べんとなえて自刃した。

西上州の山野にかすむ廃墟

搦手《からめて》から細い山道を左側に深い空濠《からぼり》を見ながら歩くと、すぐ二の丸跡に出る。

ここはいま私有地で桑畠になっている。本丸はこの二の丸につづく場所でここも畠である。わずかに業盛《なりもり》の自刃した持仏堂《じぶつどう》のあたりだけが畠にもならず、当時、使用していたとおぼしき井戸が苔《こけ》むして残っている。

この井戸から墓石が出たという話を聞いたが、城跡から発掘されたものは現在のところ何もないそうである。町に当時の戦いをしのばせる何かが保存されているのかと役場で尋ねたが、それもないそうだ。ここに平和の碑を建てる計画があるということだったが、そんな碑よりもこの町の最大の宝である、城そのものをたいせつに保存することがだいじだ。学術的な意味からいっても、箕輪《みのわ》城は中世の山城から、近世の平城に移行する過渡期の城として、城郭愛好者にはかけがえのないものだからである。

城はこの戦いのあと、武田《たけだ》方の内藤修理昌豊《ないとうしゅりまさとよ》が城代となり、これ以後、西上州《にしじょうしゅう》は信玄《しんげん》の支配下に入れられた。一時は滝川一益《たきがわかずます》も入ったが、のちに家康《いえやす》は井伊《いい》直政《なおまさ》をここに封じて、十二万石をあたえた。やがて直政も高崎《たかさき》に移り、ここは廃城となった。井伊直政は箕輪城に九年間在城し、後世、彦根《ひこね》城を築くときここの縄張りを参考にした。また、彦根が出たついでだが、幕末の大老《たいろう》、井伊直弼《なおすけ》を補佐した長野主膳《ながのしゅぜん》は、箕輪落城のときに脱出した長野一族の子孫だという下田徳太郎氏の説がある。鷹留《たかとめ》の城主、新十郎左衛門《しんじゅうろうざえもん》の次男が脱出し、井伊家の客分として厚遇されたというのである。とすれば主膳は、業通《なりみち》の子孫だということになるが、どうであろうか。

現在、三の丸といわれている丘陵からながめた西上州の風景はすばらしい。右に白川を隔てて、かつてこの城の防衛線のひとつだった富岡の砦《とりで》や、業正《なりまさ》の墓碑のある長純寺辺が見える。南西には夕暮れにかすんで見えぬが、安中《あんなか》・松井田《まついだ》・和田《わだ》・小幡《おばた》・倉賀野《くらがの》の城を中心として二十ほどの砦《とりで》が箕輪城を守っていたはずである。これらの砦や城の跡をひとつひとつ、歩いてみたかったのだが、その数だけで三十に近いと聞いて、さすがに城好きのわたしもあきらめざるをえない。

だが、いまは廃墟《はいきょ》となったそれらの城のひとつひとつに、血みどろの戦いがくりひろげられた時代があったのである。そのどんな小さな砦や城にいた人間にも、もし可能ならば会って話を聞いてみたい気がする。

「じっさい、あんたらはけっこうですよ」と彼らはいうかもしれぬ。「いま、あんたが居眠りしながら車で通りすぎるあっちのバイパスやこっちのアパートの建っている丘でも、われわれの血が流れて、みんなが死んでいったんですぜ」

暗闇《くらやみ》のなかを、箕輪から安中に向けて車を走らせながら、わたしは、彼らがそういう声を耳もとで出しているような気がした。

夜の安中の町に入ると、自転車に乗った高校生たちが帰宅をいそいでいる。八《や》百屋《おや》に柿の実がツヤツヤ光りながら並んでいる。もしあの自刃した長野業盛が現代に生まれたならば、彼も自転車に乗って高校と自宅を往復していたにちがいない。なにしろ彼は十七歳という少年だったのだから。

小田原城

井上友一郎

いのうえ・ともいちろう

1909年~1997年。都新聞の記者を経て作家に。「残夢」「絶壁」「蝶になるまで」など。

小田原評定

小田原《おだわら》城といえば、ふつう、だれでも、あの有名な「小田原評定《ひょうじょう》」ということばを思い浮かべる。

天正《てんしょう》十七年（一五八九）の十一月、時の関白《かんぱく》豊臣秀吉《とよとみひでよし》は北条《ほうじょう》家の数々の非違をあげて、宣戦布告の朱印状を発した。

次いで翌十八年の二月、先鋒《せんぽう》として駿府《すんぷ》（静岡市）の徳川《とくがわ》家康《いえやす》、つづいて伊勢《いせ》（三重県）の蒲生《がもう》氏郷《うじさと》、近江《おうみ》（滋賀県）の羽柴《はしば》秀次《ひでつぐ》、尾張《おわり》（愛知県）の織田《おだ》信雄《のぶかつ》などの諸将がぞくぞくと東進し、長宗我部《ちょうそかべ》元親《もとちか》・脇坂《わきざか》安治《やすはる》・加藤《かとう》嘉明《よしあき》らの水軍もまた清水湊《しみずみなと》に集結し、総勢およそ二十一万といわれた。

総大将の秀吉自身は、三月一日、御所に参内して節刀《せっとう》をうけ、すぐさま強力で美々しい行列を連ねて京都を出発した。

これより先、秀吉の宣戦布告をうけとった小田原城内では、正月以来、連日連夜、氏政《うじまさ》（四代目）と氏直《うじなお》（五代目）を中心に、松田憲秀《まつだのりひで》・北条氏規《うじのり》らの重臣がひたいを集めて評定をひらき、籠城《ろうじょう》説と出撃説にわかれ、たやすく結論が出なかった。後世、この「小田原評定」ということばに、かなり揶揄《やゆ》的な意味をふくめて、時の北条一門の優柔不断さの形容詞のごとく用いている。

しかし、当時の北条家が、じっさいに優柔不断であったかどうか。これはおおいに疑問である。秀吉の大軍が押し寄せること必至となった以上、北条家は戦わないわけにはいかぬ。ところが、その戦法に、籠城がよいか出撃がよいかと大論争がつづいたのは当然で、へたをすれば早雲《そううん》以来、五代九十六年もつづいた北条家は滅亡するのだ。軽率なことはできない。

けっきょく、このときの長い評定にケリがついて、重臣松田憲秀の主張する籠城説が採用されたが、それにはそれだけのやむをえない状況があったことと考えられる。

そもそも小田原城は、もと扇谷上杉《おうぎがやつうえすぎ》氏の重臣だった大森藤頼《おおもりふじより》の居城であった。

しかるに明応《めいおう》四年（一四九五）の九月、当時、伊豆《いず》（静岡県）の韮山《にらやま》城にあった北条早雲──そのころは伊勢新九郎長氏《ながうじ》と称していた──が、突如として箱根《はこね》山の鹿狩《しか》りをすると見せかけ、電光石火この小田原城を急襲し、城を奪い取ってしまったのである。

この早雲以来、北条氏は二代氏綱《うじつな》・三代氏康《うじやす》・四代氏政・五代氏直と引きつづいて小田原城に拠《よ》って、城郭は大拡張され、いまや関東第一の覇者《はしゃ》と成りあがっていたのであるが、この時期、小田原城の本丸は、現在の天守閣のある場所ではない。いまの本丸から見て西側、小峯《こみね》丘陵といわれるところにあって、南は海岸ぎりぎりまで、東西は箱根のふもとにあたる早川《はや》と酒匂《さかわ》川にはさまれた城郭で、まさに関東随一の要害だった。その規模は、東西五十町（約五・五キロ）、南北七十町（約七・六キロ）に達する広大な城郭で、小田原合戦当時は、町屋もすべてこの城内にあった。

この小田原城には西南から東南にかけて九つの入口があった。すなわち、早《はや》川《かわ》・上方・湯本《ゆもと》・水之尾・荻窪《おぎくぼ》・久野・井細田《いさいだ》・渋取・酒匂の九か所である。氏政と氏直らは、例の「小田原評定」の前年の十二月、すでにその旗本衆に出陣命令を発して、ぞくぞくと参集してきた軍兵を、伊豆・箱根方面に配置している。韮山城は北条氏規、獅子浜《ししはま》城は大石直久《おおいしなおひさ》、下田《しもだ》城は清水康英《しみずやすひで》、安良里《あらり》城は梶原景宗《かじわらかげむね》、田子《たご》城は山本常任《つねとう》らが守った。

箱根方面では、最重要の山中《やまなか》城に重臣の松田憲秀の甥《おい》の康長《やすなが》を配し、足柄《あしがら》城には佐野氏忠《うじただ》を派遣し、これらの背後にあたる箱根の険を扼《やく》して、もって父祖伝来の小田原城を防衛しようとこころみたわけである。

先に述べた老臣松田憲秀の籠城説というのは、要するに右のような小田原城防衛策であって、世にいう「小田原評定」とは、けっして本丸を中心に小さく立てこもる、というのではない。にもかかわらず、この「小田原評定」というものが出撃説と籠城説にわかれて、連日連夜、むやみに時日を費やしたように伝えられているけれども、当時の北条家にしてみれば、これ以上、積極的に、東海道を進軍してくる豊臣方の大軍を迎え撃つため兵を遠くへ出撃させることはできなかったのではあるまいか。

それは北条と徳川との領国というものを見ればわかる。すなわち北条氏の領国の西の境界は、駿河《するが》（静岡県）である。駿河はもちろん徳川の領国である。この徳川の領国に侵入し、秀吉の東征軍を迎え撃つことは、家康の縁者である氏政父子には、どうしても不可能な策と考えられた。いまとなっては、五代目の氏直の嫁として家康の娘の督姫《とく》をもらってあることが北条家にとっては痛しかゆしの事実であった。

さもあらばあれ、こうして氏政・氏直らの小田原城防衛戦、――逆にいえば、秀吉の小田原城攻略戦は火ぶたを切るにいたったのである。

北条家の誤算

中秋の、ある晴れた一日、わたしは現在の小田原《おだわら》城天守閣にのぼって、雲煙のかなたにひろがる箱根《はこね》の山々を仰ぎながら、やはり北条氏《ほうじょう》時代の広大な小田原城は、東の酒匂《さかわ》口や西の早川《はやかわ》口などを突破口とするよりも、城郭の北の高地にあたる水之尾口にとりかかれば、より効果的な攻略がなしえられるように思った。

つまり、小田原城は東・西・南から攻めるより、北から攻めるにかぎる。現に、この小田原合戦より九十五年のむかし、始祖早雲《そううん》が韮山《にらやま》を打って出て、箱根山中の鹿《しか》狩りをすると称し、やにわに大森藤頼《おおもりふじより》の拠《よ》る城内を急襲したのは、北からである。その事情は大森氏時代よりも十数倍もの広大さに拡張された北条氏の小田原城でも、同じことだ。

そこで秀吉《ひでよし》の攻囲軍は、この水之尾口の前面に二十一万の大軍のうち、宇喜多《うきた》秀家《ひでいえ》と織田信包《おだのぶかね》に陣を取らせ、やや南に寄ったところの湯本《ゆもと》口に、細川忠興《ほそかわただおき》が陣を取った、と伝えられている。つまり、秀家・信包・忠興の三人の陣所は、小田原城の防衛上、もっとも危険でたいせつな外郭の高地に向かっていたことは事実である。

わたしは天守閣をおりて、その日、本丸の広場を常盤木《ときわぎ》門の方に歩きながら、この城内には樟《くすのき》などのすこぶる多いことに気がついた。たとえばイヌグス・イヌマキなどの巨大な樹木も目についたが、常盤木門への途中に見たイヌマキなどは、株の周辺六・六メートル、高さ二〇メートルで、樹齢およそ五百年という説明の札が立てられていた。

いまから五百年以前といえば、ちょうど文明《ぶんめい》九年(一四七七)にあたるが、これは秀吉の小田原城包囲の天正《てんしょう》十八年(一五九〇)より、はるか百十三年もさかのぼる大むかしのことである。ということは、この城内の古いイヌマキは、すでに樹齢百十三年の巨木として高くそびえ、小田原合戦のはげしい矢叫《たけ》びや軍馬のいななきを静かに見守っていたことになる。一本のイヌマキの樹齢を計算することによって、ゆくりなくも、この豊臣《とよとみ》・北条の両軍による小田原攻防戦というものが、いまからたったの四百年前ということがわかり、わたしはなんとなく、そんなに古いできごとでないことにおどろいた。しかし、その北条氏も五代で滅び、勝った豊臣氏も、それからわずか二十五年後の元和《げんな》元年(一六一五)、二代目の秀頼《ひでより》で滅びた。

いま、わたしの眼前にそびえる白亜三層の天守閣は、もちろん北条氏にも豊臣氏にも関係のない徳川《とくがわ》時代に大久保《おおくぼ》氏が築いて、今日にいたったものである。いわゆる歴史のはかなさを覚えずにいられないが、それにしても、この大久保氏の築いた新しい小田原城のすぐそばには、かつて小田原開城と同時に、秀吉の命によって氏政《うじまさ》・氏照《うじてる》のふたりが腹を切った場所が示されているゆえに、やはり、歴史のなまなましさは、いまの小田原城にからまっている感がある。氏政と氏照が腹を切ったところは、医師の田村安栖《たむらあんせい》の宅ということになっているが、それは現在の小田原駅付近らしい。時に氏政は五十三歳、氏照は五十一歳である。『太閤記《たいこうき》』によれば、氏政と氏照の辞世の歌が二首残されている。

雨雲のおほへる月も胸の霧も
　はらひにけりな秋の夕風　（氏政）
あめつちの清きなかより生まれきて
　もとの住家にかへるべらなり　（氏照）

なお、この氏政とともに自刃した氏照とは、氏政の弟で、武蔵八王子《むさしはちおうじ》城主であった。当時、主家存亡の一大事とあって、その居城は重臣たちを留守代官として守らせ、早くから小田原に馳《は》せつけ、籠城《ろうじよう》していたことはいうまでもない。

ところで、四代目で隠居していた氏政らが切腹を命ぜられ、当主五代目の氏直《うじなお》が、なぜ自刃せずにたすかったかといえば、諸説いろいろ伝えられてはいるものの、まずその最大の理由は、氏直が徳川家康《いえやす》の娘の督《とく》姫を嫁としていたからだと考えられる。

前章でも述べたように、秀吉の宣戦布告を突きつけられた北条氏が、東征軍が雲霞《うんか》のごとく押し寄せること必至と知りつつ、先手を打って、なぜに東海道方面に出撃しないで、あえて籠城説をとったかといえば、その領国の西境が徳川氏の駿河《するが》だったことにもよる。徳川氏は親戚《しんせき》である。当面、家康の了解なしに駿河に兵を出せるわけがない。

しかし、このような軍事的な状態も当面の事実にはちがいないが、むしろ、もっと大きな理由として考えられることは、この時期、氏政と氏直は、親戚である駿河の徳川領へ兵を出せなかったことに困ったというよりも、むしろ逆に徳川家に対して、期待すべきでないことを、ひそかに期待していたのではあるまいか、という点である。つまり、秀吉の大軍が押し寄せても、自分たちには周囲五里（約二〇キロ）に及ぶ総曲輪《くるわ》の小田原城というものがある。その周辺に箱根《はこね》の十城、伊豆《いず》の韮山・下田《しもだ》などの諸城があるし、遠く武蔵（埼玉県・東京都）には北条一門が城主となっている城も多い。たとえば岩槻《いわつき》城（太田氏房《うじふさ》）・鉢形《はちがた》城（北条氏邦《うじくに》）・八王子城（北条氏照）をはじめとして、ほかに松山・川越《かわごえ》・忍《おし》・江戸なども、すべて北条氏の支城である。

これだけ内外の大勢力を擁して、秀吉の大軍をがっちりと五分《ぶ》にうけとめ、要するに金城湯池の小田原城さえ守り抜いていれば、そのうち親戚の徳川氏がなんとか策をめぐらして、秀吉との間をとりなしてくれるにちがいない、というような想念が北条氏政らの脳裏にちらついていたかもしれない。いわゆる希望的観測である。

とはいえ、すでに家康には、そんな氏政らの期待にこたえようという気がなくなっていた。ここに北条家の致命的な大誤算があり、早雲このかた九十数年、関東の覇者《はしゃ》として君臨してきた歴史を閉じるにいたるわけだ。

石垣山の一夜城

けっきょく、小田原城《おだわら》は、四月上旬には完全に包囲されてしまった。けれども、さすがに難攻不落で、豊臣《とよとみ》の大軍をもってしても、おいそれと強引に攻めかかるわけにいかない。

秀吉《ひでよし》は緒戦において山中城を簡単に攻略し、全軍、すぐさま箱根《はこね》越えして早雲《そううん》寺に本営をすすめたものの、よく状況を調べてみるに、この小田原城の堅固さは、さすがにたやすく力攻めで陥落させることはできぬ、と判断された。

そこは戦じょうずの秀吉である。

このうえは持久戦をとらざるをえぬものと考えて、たとえば、例の有名な石垣《いしがき》山の「一夜城」というものの構築をくわだてた。世には「一夜城」として伝えられているけれども、じっさいには秘密裏に八十日ばかりの時日を要し、聚楽第《じゅらくてい》また は大坂城の普請《ふしん》にも劣らぬという広大な城郭を築いたのである。

秀吉は、この石垣山の築城には相当な情熱を注ぎ、その完成をみると同時に、一夜のうちに前面の山林を徹底的に切り払って、早朝、忽然《こつぜん》として小田原城を見おろす西南の高所に、堂々たる新城を出現させた。これには小田原籠城《ろうじょう》の北条《ほうじょう》軍も肝を冷やし、ただ啞然《あぜん》としてこれを夢のように見あげていた、と伝えられている。

たしかに石垣山という地点は、小田原城から三キロ余の交通の要衝で、箱根山中から伊豆《いず》に至る包囲軍の陣営を守るうえには重要な地位を占めてはいた。しかし、そういう軍事的な利点よりも、突如、むしろ一夜にして幻のごとく出現したかと思わせるこの広大な新城は、心理的に、籠城軍の戦意をくじいたにちがいない。秀吉という武将は何をするかわからぬ男だ、という衝撃も生じたろうし、またその底知れない秀吉のスケールの大きさが一種の不安となってひろがったことも事実であろう。秀吉がこの石垣山の城に移ったのは、六月二十七日である。すでに秀吉が湯本《ゆもと》に本陣をすすめてから八十日を要している。では、その八十日の間に、どんな戦闘が行なわれたかというに、およそ華々しいものはすこしもない。秀吉側もあえて力攻めはしないし、籠城軍も、これといった動きをみせない。

小田原城に対する大包囲陣が定着してから、まず最初の戦闘らしいものは四月五日、徳川麾下《とくがわきか》の榊原康政《さかきばらやすまさ》の一隊によってしかけられた。小田原の東部に陣を張った家康《いえやす》が榊原康政に命じて、小田原の東方通路にあたる酒匂《さかわ》口に伏兵を出させた。康政の部下伊藤雁助《いとうがんすけ》・鈴木藤九郎《とうくろう》と、康政の子の大須賀忠政《おおすがただまさ》の手のものが、この酒匂口の近くで小田原方の山岸主税助《やまぎしちからのすけ》というものを生け捕って、これを念のために秀吉の本営に送りとどけた。そこで秀吉は一考ののち、この山岸に言いふくめて、火を小田原城中に放って攻撃の手がかりにせしめようとはかったのである。

山岸は、それを条件に釈放されて、すぐさま城内へもどったものの、城兵がなんとなくあやしんで、この山岸を捕えてしまった。しかし、待ちかねていた康政の一隊は、しびれをきらして酒匂口から乱入をくわだてたが、城兵はよく防いで、ともかく大事にいたらぬように守りおおせたのである。

秀吉は、康政の働きについて四月六日付、その戦功を賞した感状をあたえているが、この戦闘が、ほんの局部的なものとはいえ、小田原城攻略戦の最初のものということになっている。

こえて五月三日、井細田口《いさいだ》を守る太田氏房《おおたうじふさ》が部下の広沢秀信《ひろさわひでのぶ》に命じて、相対する攻略軍の織田信雄《おだのぶかつ》の陣営を急襲せしめた。しかし信雄の部将の土方雄久《ひじかたかつひさ》が奮戦力闘、たちまち広沢の部隊を撃退した。これが城兵から攻囲軍にしかけた攻撃の唯一の事実である。

あとはいぜんとして、両軍、ただにらみ合いをつづけるばかりである。東西南北、どの戦線でもなんら活気ある戦闘がなく、ようやく長期戦の様相になってきた。

けれども秀吉はすこしも焦らず、五月七日に淀殿《よど》を小田原によび寄せ、もちろん自分ばかりではなく、在陣中の諸将に対しても、その女房たちを各自の陣営に招かせている。秀吉はまた淀殿のほか、京都から本阿弥光悦《ほんあみこうえつ》や舞師の幸若太夫《こうわかだゆう》ら芸能にすぐれた多数のものを招いて、この小田原の長陣に対する持久策をたてた。郷愁や無聊《ぶりょう》からくる全軍の士気の低下を防ぐためである。

　秀吉が石垣山の築城や淀殿はじめ在陣将士の女房たちを小田原へよばせたりしたことは、自軍の士気保持ばかりではなく、ひいては籠城軍に一種の厭戦《えんせん》気分をあおりたてる心理作戦の効果をもったであろう。淀殿をよび寄せるとき、秀吉は四月十三日付で、京都高台院に住む正室の北政所《きたのまんどころ》に自筆の手紙を書いているが、その一節に、つぎのようなくだりが見える。

「……小たわら二三てう（町）ニとりまき、ほりへい（堀塀）ふたへ（二重）つけ、一人もてき（敵）出し候はす候、ことにはんとう（坂東）八こくの物ともこもり候間、小たわらをひころし（干殺）ニいたし候へは、大しゆ（奥州）まてひまあき候間、まんそく申ニおよはす候、ニほん（日本）三ふん一ほと候まま、このときかたく（堅）としをとり候ても申つけ、ゆく〳〵まても、てんか（天下）の御ためよきようニいたし候はんまゝ、このたひてから（手柄）のほとをふるい、なかしん（長陣）をいたし、ひようろ（兵糧）又はきん〳〵（金銀）をも出し、のちさきな《（名）》ののこり候やうニいたし候て、かいちん《（凱陣）》可レ申候間、其心ゑあるへく候、……」（『高台寺文書』）

要するに秀吉の長期戦の持久策は以上のようであったが、籠城の北条軍も、これに対して小田原城内で同じような策に出ている。

元来、当時の小田原城は町屋を広く取り込んだ構造で、これがもっとも守るに適した状況になっていた。『北条五代記』によると、小田原籠城のようすについて、およそつぎのような記述がある。

「昼は、持口の役人ばかりが、大鉄砲をしかけておいて、それを放っている。そのほかのものどもは、籠城が退屈しないように、おもいおもいのなぐさみをしている。碁・雙六《すごろく》に興ずるものもあれば、酒宴・乱舞にときをすごすものもいる。またおとなしく詩歌や連歌をたのしむものもいた。（中略）氏直は高札を立てて、つぎのように指示した。『万民は、年内中の兵糧《ひょうろう》米を用意せよ』、（中略）このために、米穀が山積みされて、万民にいたるまで、城中では乏しいこともなく、何につけても、なげく思いがなかった」

攻める側も、守る側も、表面、これではまったく同じような状態で日を過ごしていたかにみえるが、しかし、じつのところ、この形勢をもって両者五分五分の立場だとはいいきれぬ点に北条方の真の苦悩があったのである。

小田原落城

籠城《ろうじょう》というものは、由来、追いつめられてやむなく城にこもる場合と、逆に一定の見通しをもって守る場合と、二種類にわかれる。つまり、ある期間だけ籠城していて、近く他からの強大な支援を見込むときのほかは、まず籠城は敗北につながるものだ。

では小田原《おだわら》籠城は、そのいずれであったろうか。

当の北条《ほうじょう》家にしてみれば、さきにも述べたように、この小田原城のほか伊《い》豆《ず》・箱根《はこね》に十数城の支城を擁し、関東一円、信頼できる一門一族のものが城主をしている城がいくつもある。いや、それだけではなく、氏政《うじまさ》と氏直《うじなお》は、遠く奥州の伊達政宗《だてまさむね》に対しても使者を派遣し、ひそかに支援を求めたくらいである。

さらに氏政らは、こうして秀吉《ひでよし》の大軍を長期にわたって釘《くぎ》づけにしておき、きわめて近しい親戚《しんせき》の徳川《とくがわ》家がいずれなんらかの手を打ってくれるだろう、と見込んでいたのだ。

そういう意味では、たとえば柴田勝家《しばたかついえ》の北庄《きたのしょう》籠城、冬の陣・夏の陣といわれる大坂籠城、幕末における会津《あいづ》籠城などは、すべて敗北必至のものであったが、この時期、北条氏政らの小田原籠城は、そういう孤立無援とはすこし違っていたのである。

しかし、この状勢をいち早く見通していた秀吉は、やはり役者が一枚、上であった。それに秀吉の勢威は強大であり過ぎた。秀吉は、めざす小田原城を二十万余の大軍で包囲し、「はやくてき（敵）をとりかこ（鳥籠）へいれ候ておき候」（『高台寺文書』）と北政所《きたのまんどころ》へみずから手紙を書いたほど強力な圧迫を加えるいっぽう、箱根・伊豆の北条氏支城をはじめ、関東の諸城に対しても、しらみつぶしに攻略をかさねていったのである。

それでも籠城の北条家が、いまだに空頼みをいだいていたのは、何度もくり返して述べるが、親戚の徳川家の動きであった。

事実、小田原の攻防戦のさなか、いつとはなしに、どこからともなく徳川家康《いえやす》と織田信雄《おだのぶかつ》が、ひそかに小田原城中に密使を送り、なんらかの暗黙の了解が生じたらしい、という風聞が攻囲軍のうちにひろまったことがある。もちろん秀吉側の陣中にはかなりの動揺があった。さすがの秀吉自身もすこしはこの流言を気にしたらしい。

しかし、信雄はともかく、家康にはそんな野望はすでに、微塵《みじん》もなかったように推定される。それは家康の大局を見通す度量のせいで、平たくいえば家康はもう北条家を見限っていたのである。家康は、滅ぶべきものは自然の手順を経て滅んでいく、と思っていたにちがいない。

六月のころにいたると、北条一門の支城は、韮山《にらやま》城と忍《おし》城を残して、すべて陥落してしまった。朝に一城、夕に一砦《とりで》という秋の落葉をみるような様相が漂ってきた。小田原城は孤立無援の状態となり、ようやく城中にも絶望感がひろがってきた。

秀吉にとっては最後の詰めというわけである。

秀吉は籠城将兵によびかけて、しきりと投降をすすめる手だてをくり返した。とくに、北条氏規《うじのり》・太田氏房《おおたうじふさ》・成田氏長《なりたうじなが》・松田憲秀《まつだのりひで》がねらわれた。反応らしいものはピリピリと感ぜられる。

そのころ、北条家重臣の松田憲秀は早川口《はやかわ》を守っていたが、秀吉の意をうけた攻囲軍の堀秀政《ほりひでまさ》が強引に内応をすすめ、「もし、内応してくれたら、関白殿下《かんぱく》は、貴殿に対して、伊豆・相模《さがみ》の二国をあてがうと申しておられる」と伝えた。

そこで憲秀は、池田輝政《いけだてるまさ》・細川忠興《ほそかわただおき》らの軍勢を、ひそかに城内に引き入れることを約するにいたった。

ところが、この憲秀の内応は次男の秀治《ひではる》の密告で城主氏直に知られ、憲秀はただちに捕えられて、早川口の守備もかえられてしまった。こうして籠城軍の一大危機はかろうじて未然に防がれたわけであるが、しかし、憲秀の裏切りそのものは北条一門に重大な精神的打撃をあたえた。それでなくとも城中の士気が急速に低下しつつあるときである。だれしも松田憲秀を口汚く罵《ののし》りながらも、さて、このおれの心の底にも、あの憲秀の心と似たものが生じていないか、と考え込まずにはいられない。

そうこうするうち、わずか五百人の守備兵で孤軍奮闘、最後まで韮山城を守り通していた北条氏規が、家康からの和議勧告に接して、ついに決心して開城を約するにいたった。これが六月二十四日で、例の石垣《いしがき》山の一夜城が完成したころである。

秀吉は石垣山から悠々《ゆうゆう》と小田原城を眼下に見おろし、すでに十四日に開城した鉢形《はちがた》城主の北条氏邦《うじくに》と氏規に言いふくめて、強く氏政らの降伏を説得させた。もはや坂道を転落していく小田原城の運命である。

七月五日、ついに氏直は、弟の氏房とともに滝川雄利《たきかわかつとし》の陣所におもむき、「かくなれば、ぜひ、それがしが腹を切って関白殿へお詫《わ》びいたすゆえ、城中将兵の命だけはたすけていただきたい」と、その取り次ぎ方を頼み入った。

秀吉は満足した。しかし、氏直の神妙な申し入れを賞《ほ》めて、氏直の切腹はおしとどめ、かわりに氏政・氏照《うじてる》と大道寺《だいどうじ》政繁《まさしげ》（松井田《まついだ》城主）と松田憲秀の四人に切腹を命じたのである。

小田原の役は終わった。

氏政・氏照の自刃は前述のとおりであるが、秀吉から助命された氏直は、七月二十日にいたって、氏規・氏房らとともに、三百人の従者を連れて秀吉の命令どおり高野《こうや》山に向かった。

思うに、氏政や氏照が切腹したのに、いやしくも五代目の当主たる氏直が、なぜ一命をたすけられたか。それは氏直が率先して自分が一門を代表して腹を切ると申し出た、その潔さを秀吉が感じ入った結果だ、ということになってはいるが、じつはそういうことよりも、この氏直が督《とく》姫という家康の第二女を正室としていたからにちがいない。秀吉は、そういう点でも家康の心情を察して、無用の嘆きをあたえまい、と配慮していたのである。つまり、氏直をたすけたことは秀吉の倫理感ではなく、政略である。およそ天下をとるほどの人間には、つねにかならずこの種の政略がはたらいている。

さて、高野山に閑居した氏直には、翌天正《てんしょう》十九年（一五九一）の二月になって、秀吉は関東・近江《おうみ》の地で一万石をあてがい、なお明年には伯耆《ほうき》（鳥取県）十万石の大名に取り立てようとの内意をもらしていたが、小田原落城以来、とみに意気消沈していた氏直は、かねて病弱のせいもあって、二十年十一月に三十歳で病没した。

秀吉はまた小田原役で韮山城を最後まで守りとおした氏規の忠勇ぶりを賞《ほ》めて、河内《かわち》（大阪府）丹南《たんなん》において六千九百石をあてがい、のちに、その子の氏盛《うじもり》が跡を継ぎ、さらに本家筋たる亡き氏直の家系をも継いだ。この子孫が河内狭山《さやま》藩主となり、旧子爵家の北条氏の祖となったのである。

なお、氏直夫人の督姫について一筆するが、氏直の病死後、しばらく閑居していた督姫は、三年後の文禄《ぶんろく》三年（一五九四）十二月、三河吉田《みかわよしだ》の城主池田輝政《いけだてるまさ》と再婚した。時に三十歳で、あの氏直に十九歳で嫁して以来、ただひとりも子宝に恵まれなかったのに、輝政との間にはつぎからつぎへと五人の男子を生んだというから、人間の運命ははかりがたいものである。

三葉葵の古瓦

小田原《おだわら》の役が終わってから、秀吉《ひでよし》は約束によって関八州を家康《いえやす》にあたえたが、家康は小田原を居城とせず、思いきって江戸の地をえらんで移った。

そして小田原城には、三河《みかわ》譜代の功臣、大久保忠世《おおくぼただよ》を入れて、相模《さがみ》国西郡（足柄《あしがら》上・下両郡）四万五千石の藩主とした。有名な大久保彦左衛門忠教《ひこざえもんただたか》は、この忠世の弟である。在城四年で、文禄《ぶんろく》三年九月、忠世は小田原城内において六十三歳で病死した。

そこで嫡子忠隣《ただちか》が家督を継いで、武蔵《むさし》国羽生《はにう》（埼玉県）から小田原城に入った。

関ヶ原合戦ののち、主君家康が世嗣を決めるために、忠隣のほか本多正信《ほんだまさのぶ》・本多忠勝《ただかつ》・井伊直政《いいなおまさ》・榊原康政《さかきばらやすまさ》・平岩親吉《ひらいわちかよし》ら六人の重臣に意見を求めたとき、忠隣は熱烈に秀忠《ひでただ》を推し、秀康《ひでやす》を推す本多正信と激論にまで及んだという話が伝わっている。

そのため忠隣は、二代将軍になってからの秀忠の寵遇《ちょうぐう》はすこぶる厚く、その権勢と人望は譜代随一とまでいわれた。『藩翰譜《はんかんふ》』によれば、「……当代の権勢並ぶものなく、忠隣もまた自任して疑わず、諸事を果決断行せしが、これ人の讒言《ざんげん》をまねきし始めなりという」と記述されていることと思い合わせて、それから二十年ものちの慶長《けいちょう》十九年(一六一四)正月、大御所家康の忌諱《きい》にふれ、六十二歳の老境に入りながら、突如、除封改易となったことは、じつに運命のはかなさを感じさせる。

忠隣の除封と同時に、家康と秀忠は厳命を発して、明日早暁からこの城を破却すべしというわけで、江戸・駿府《すんぷ》から多く人数をくり出して、石垣を崩すやら、大門を打ちこわすやら、城の外郭をほとんど破壊するという騒動で、まことに甚《じん》大《だい》な衝撃を世間にあたえた。

大久保家の改易後、小田原藩は幕府直轄地に組み込まれ、これは五年間つづけられて、元和《げんな》五年（一六一九）閏《うるう》十二月、阿部正次《あべまさつぐ》が五万石の藩主として封ぜられた。それから元和九年五月、阿部正次は岩槻《いわつき》藩に転封となり、かわって稲葉正勝《いなばまさかつ》が藩主となって、これは三代五十七年に及んでいる。

この稲葉氏の藩主時代に、町の割り替えが行なわれ、いわゆる封建都市としての城下町が完成することになるのだが、とくに二代目の稲葉正則《まさのり》が万治《まんじ》二年（一六五九）の検地を行なったとき、町人の持添新田などがあらためて年貢の対象になったといわれる。

小田原城はなんといっても江戸から二十里二十町（八〇キロ余）の近さで、江戸を出てから最初の城下町にあたる。しかも箱根《はこね》の険をおさえて、早くから江戸の出城にも相当する要衝と見なされて、とくに幕府の関心が強く注がれていたところである。事実、小田原城址《じょうし》から出土する古瓦には、この城がたびたび大がかりな修復をくり返したにかかわらず、大久保・稲葉氏の紋所は一個も発見されず、すべて三葉葵《みつばあおい》の紋所ばかりだということは、いかに幕府が代々、一貫して小田原城を重視していたかの証拠となる。

稲葉氏は三代五十七年つづいて、越後《えちご》（新潟県）高田《たかだ》転封となり、貞享《じょうきょう》三年（一六八六）一月、時の老中大久保忠朝《ただとも》が佐倉《さくら》藩から配置替えで小田原藩主となった。ということは、かつての忠隣改易後、じつに七十二年ぶりにふたたび大久保家が父祖の地に復活したことになる。忠朝の感激はひとしおのものであったろう。他人は知らず、この忠朝にとっては、かつて幕命により近江《おうみ》（滋賀県）の石ヶ崎の配所で哀れな一生を終わった曾祖父《そうそふ》忠隣の霊をなぐさめるには、これにまさるものがない、と感じ入ったことは容易に想像される。

元禄《げんろく》七年（一六九四）四月、忠朝はさらに一万石の加増をうけて、小田原藩は十一万三千石の所領となり、以来、慶応《けいおう》年間（一八六五～六八）までずっと変わらなかった。

最後に、この小田原城について、元禄三年に、長崎出島のオランダ商館付として来朝したドイツ人ケンペル（Kaempfer）という医師が、その『江戸参府紀行』として述べている一節を紹介して、この稿の結びとしたい。

「……小田原の市街は門と番所をそなえ、その両側にはまことにみごとな建物がある。（中略）国主の住居は新しい三重の白壁の櫓《やぐら》で美しく輝いている。その城のそばには、いくつもの寺があって、いずれも町の北部に位置している……」

いみじくも、このケンペルのいう「新しい三重の白壁の櫓で美しく輝いている」城こそが、いま、われわれに回想と郷愁の心をひきつける小田原城そのものである。

犬山城

豊田　穣

とよだ・じょう

1920年～1994年。71年、「長良川」で直木賞受賞。他に「ミッドウェー海戦」「七人の生還者」「海の紋章」など。

回想の犬山城

昭和五十二年の夏、何度目かの犬山城《いぬやま》見学を行なった。最初に行ったのは、昭和七年、中学校一年生のときである。このときは遠足で行った。

当時、わたしは岐阜市の西方五キロにある北方町《きたかた》の本巣《もとす》中学校に通っていた。遠足といっても、北方から犬山までは二五キロあるから、全部を歩くわけではない。

岐阜駅から中山道《なかせんどう》を一〇キロあまり東に歩くと、木曾川《きそ》の右岸に出る。すこし行くと高山線の鵜沼《うぬま》駅で、そこから右へ折れて犬山橋を渡ると犬山の町に入るのであるが、木曾川が見えるころから犬山城が右手に見えていた。白帝城《はくてい》の名のとおり、壁の白さが印象的である。

河岸《かし》の堤には桜の並木があったが、花は散り、葉桜になっていた。城の近くには松の並木もあり、いまのような鉄筋のホテルなどはなかったので、映画のロケによく使われたらしい。殿さまが駕籠《かご》にのって、城に向かう場面とか、城を背景にして侍《さむらい》が斬《き》りむすぶ場面などには好適であったろう。

わたしたちは犬山橋を渡って城にのぼり、河岸の堤で弁当を食べた。河の右岸を歩いてゆくとき、刻々に陽光を浴びて木曾の流れに映る犬山城の姿が、変化してゆくのがおもしろかったので、作文の時間にそれを書いたら、Aをもらった記憶がある。

三重の天守閣は日本最古のものとはいえ、大きいほうではないが、河岸の丘の上に建っているので、対岸から見ると、中国奥地の古城を思わせ、まさしく印象的である。

白帝城という名は唐《とう》の詩人李太白《りたいはく》のつぎの詩からとったという。

朝《あした》ニ辞ス白帝彩雲ノ間

千里ノ江陵一日ニシテ還《かえ》ル

犬山城に白帝城の名を冠したのは、成瀬《なるせ》家五代の城主正太《まさふと》（正泰《まさもと》）である。
わたしが中学生のときに書いた作文の内容は忘れたが、北原白秋《はくしゅう》のつぎの文章は、犬山城をたたえた美文である。

汪洋《おうよう》たる木曾川の水、雨後の濁って凄《すさま》じく増水した日本ライン、噴き騰《あが》る乱雲の層は南から西へ、重畳して、何か底光のする、むしむしと紫色に雲った奇怪な一脈の連峰《れんぽう》をさへ現出してゐる。（中略）

まことに白帝城は老樹蓊鬱《おううつ》たる丘陵の上に現われて粉壁鮮明である。小さな白い三層楼は、何と典麗なしかもまた均斉《きんせい》した美しい天守閣であろう。この城あって初めてこの景勝の大観は生きる。生きた脳髄であり、レンズの焦点である。

まったくこの城こそは日本ラインの白い兜《かぶと》である。
白帝城は唐のむかしを思い出させるとともに、どこかヨーロッパ的なおもむきもあるらしい。

木曾川のこのあたりを「日本ライン」と名づけたのは、地理学者の志賀重昂《しがしげたか》だといわれるが、前述の白秋のいう白い兜も、日本の若武者の兜よりは、ヨーロッパ中世の騎士のかぶった兜を連想させる。

さて、今夏の犬山城訪問の目的は取材である。

名古屋から名鉄犬山線に乗ると、三十分ほどで犬山駅に着く。

犬山市は人口六万。町は小さいが戦災にあっておらず、江戸時代の城下町の遺構を残す、日本でも数少ない歴史的な町である。

駅を出ると西方に大きな通りが走っている。これを御幸《みゆき》町・名栗《なぐり》町と行くと、下本町の交差点に出る。これを右へ折れると犬山城に出る。

このあたりは古い建物が多く、右角の大きな家はむかしの機屋《はた》である。

これを左に折れると右側に祥雲《しょううん》禅寺という古い寺があり、その先は道幅がせまくなる。

古地図によるとこのあたりに桝形《ますがた》と木戸があり、外堀が町を囲っていた。ここから外側を外町とよぶのはそのためであろう。外町は道幅がせまいが、そのために明治期の町並みをよく残している。

そのなかの一軒が中日新聞犬山通信局で、わたしは通信局長の鈴木敏行さんから、犬山城の資料をうけとり、昭和三十六年から四年間にわたる大解体、修理復元の話を聞いた。

ここを辞して城へ向かうと、下本町・中本町・本町とメインストリートがつづく。

この左側に大本町・大手町・上大本町があり、右側は鍛冶屋《かじや》町・練屋町・魚屋町・新町となっている。

左側は武家屋敷で、右側が町家であったのであろう。

上本町の先は東丸ノ内となっている。このあたりに大手門があったのであろう。

旧城郭のなかに三光稲荷《いなり》と針綱《はりつな》神社がある。その左側の坂をのぼると、日本最古の天守閣の入口が見える。

戦国時代

さて、主題である城の歴史に入ろう。

国宝・犬山《いぬやま》城は現在でも成瀬《なるせ》家の持ちものとなっている日本唯一の個人所有の古城であるが、成瀬家が城主となったのは元和《げんな》三年（一六一七）のことで、はじめて現在の地に城ができたのは、室町《むろまち》末期の天文《てんぶん》六年（一五三七）、城主は織田《おだ》家の一族、織田十郎信康《のぶやす》（信長《のぶなが》の叔父《おじ》）である。

ではそれまでに犬山に城がなかったかというと、犬山駅の南、現在の愛宕《あたご》神社の境内を中心に木ノ下城という城があった。

国道をはさんで市役所の向かい側になっており、現在の薬師町から専正寺町に至るかなり大きな城で、木ノ下城址《じょうし》という碑が境内に残っている。

この城は文明《ぶんめい》元年（一四六九）、織田遠江守広近《とおとうみのかみひろちか》が築いたもので、その後、敏《とし》定《さだ》・敏信《としのぶ》・信安《のぶやす》・信定《のぶさだ》と織田一族が城主となり、天文六年、六代目の城主信康が現在の丘の上に城を移したもので、これを天文移築という。

信康は天文十六年、兄の信秀《のぶひで》（信長の父）とともに岐阜の稲葉山《いなばやま》城に斎藤道三《どうさん》を攻めたとき戦死し、息子の下野守信清《しもつけのかみのぶきよ》があとを継いだ。信清の妻は信長の妹である。以後十一代にわたって城主が変わり、元和四年から前述のとおり、成瀬家が城主となり、明治維新を経て現在にいたるのである。

この途中、犬山城は六年間空城《あき》であったことがある。

前述の信清が信長の親族であるにもかかわらず仲がわるく、永禄《えいろく》七年（一五六四）、信長と戦うことになった。

桶狭間《おけはざま》の戦い（永禄三年）に今川義元《いまがわよしもと》を屠《ほふ》って意気あがる信長は、三千騎を率いて犬山を急襲、信清は城を明け渡して甲州（山梨県）に逃れた。このあと城は無住となり、元亀《げんき》元年（一五七〇）、池田恒興《いけだつねおき》（のちに小牧《こまき》・長久手《ながくて》の合戦で戦死）が城主となるまで六年間空城で荒れるにまかせた。

天正《てんしょう》九年（一五八一）、城の整備を終わった恒興は、信長の五男勝長《かつなが》に犬山城を譲り、自分は摂津《せっつ》（兵庫県）尼崎《あまがさき》城に退いた。

天正十年六月、本能《ほんのう》寺の変がおこり、信長は討死。犬山城はその次男信雄《のぶかつ》の所有となり、その家臣、中川勘右衛門《かんえもん》貞成《さだなり》が城将となった。

天正十一年、信長の跡目相続で秀吉《ひでよし》と家康《いえやす》が争うことになった。

秀吉は信長の嫡孫三法師（秀信）を推し、家康は信雄をかついだのである。

犬山城主は信雄の命によって伊勢《いせ》（三重県）に出陣し、留守を叔父の清蔵主《せいぞうす》という法師武者に託した。清蔵主は犬山の古刹《こさつ》瑞泉《ずいせん》寺の塔頭《たっちゅう》龍泉院の主である（瑞泉寺には成瀬家代々の墓がある）。

秀吉は美濃《みの》（岐阜県）大垣《おおがき》城主となっていた池田勝入斎恒興に犬山城攻略を命じた。恒興は二年ほどまえ犬山の城主をつとめていたので、このあたりの地理にくわしい。

恒興はまず腹心の日置三蔵を犬山に潜入させ、さきに親しくなっていた町人のおもだったものに内応を説いて回った。

やがて天正十二年三月十三日、恒興は五千の兵を率いて、犬山城の対岸鵜沼《うぬま》に進出した。嫡子紀伊守元助《きいのかみもとすけ》も三千の兵をあたえられて父に従う。

この夜は暴風雨であり、城兵は油断をしていた。日置三蔵がかねて手なずけておいた町民が用意した数十艘《そう》の舟に乗って、池田勢はいっきょに川を渡り、北の水手門、西の西谷門を破って城内に突入した。

不意を打たれた清蔵主は、ただちに長巻をとって、部下とともに戦ったが、ついに戦死、犬山城はふたたび勝入斎恒興の手中に落ちた。

このころ、家康は三万の大軍を率いて浜松城を出撃、尾張《おわり》（愛知県）清洲《きよす》城に入っていた。

犬山と清洲の間は五里（約二〇キロ）で、指呼の間である。

犬山城内には美濃兼山《かねやま》の城主森武蔵守長可《もりむさしのかみながよし》が入城していた。「鬼武蔵」とあだ名される豪勇の士である（彼は恒興の娘婿で、本能寺で信長とともに戦死した小姓森蘭丸長定《らんまるながさだ》はこの弟にあたる）。

血気にはやる長可は、家康の手並み拝見とばかりに、十七日、三千余騎を率いて城を出撃、南方の羽黒《はぐろ》・八幡林に布陣した。

むろん、徳川《とくがわ》方も黙ってはいなかった。

井伊《いい》・本田《ほんだ》・酒井《さかい》・榊原《さかきばら》の四天王のうち、酒井忠次《ただつぐ》の二千騎を先陣に、榊原康《やす》政《まさ》の二千余騎を第二陣として羽黒・八幡林に向かった。

酒井の勢は羽黒南方の村をはじめ、東の楽田《がくでん》、北の五郎丸にも火をつけ、榊原の勢は森軍の背後に向かおうとした。

軍略家、家康の得意とする「ろくろ引き」戦法である。周囲をぐるぐると回るようにして、気をひき、攻めたて、奔命に疲れしめ、機をみて斬《き》り込むのである。

森勢は八幡林の川の堤を土塁のかわりとして応戦したが、周囲から攻めたてられ、袋の鼠となった。

「ううむ、小癪《こしゃく》な徳川勢め。いまはもうこれまでぞ！」

長可は討死を覚悟したが、

「いまはまだ緒戦ゆえ、なにとぞ御自重あるべく……」

と家老の野呂助左衛門《のろすけざえもん》にいさめられ、血路をひらいて木曾《きそ》川を渡り、対岸に引き揚げた。

これを見た徳川勢は川岸まで追いかけ、

「やあやあ、敵に後ろを見せるか。〝鬼武蔵〟ともあろうものが、卑怯《ひきょう》ぞ！」

と叫んだ。

「そこまでいわれては……」

と、ただ一騎引き返したのは、森の家中で、豪勇無双とうたわれた野呂助左衛門である。

馬を岸にのりあげると、刃渡り五尺（約一・五メートル）の大刀をふるって、たちまち十八騎をたおした。

このとき、徳川方で、

「野呂助左衛門尋常に勝負せい！」

と一騎討ちをいどんだのが、松平家信《まつだいらいえのぶ》という若武者である。

助左衛門はすでに馬を射られて徒歩《かち》となっていた。ふたりはむんずと組み合ったが、十五歳の家信は助左衛門の敵ではない。たちまち組みしかれてしまった。あとは鎧《よろい》通しで首を掻《か》き切られるだけである。

「すわ、殿の一大事！」

家信の郎党《ろうとう》は、一騎討ちであることも忘れて、助左衛門のわき腹をしたたかに槍《やり》で突いた。

「うむ、卑劣なり！」

助左衛門が叫びとともにおきあがろうとしたところを、家信が下からのどを刺し、つづいて首を斬《き》り落としてしまった。

このとき退却してゆく森勢のなかに、助左衛門の嫡男助三《すけぞう》がいた。十九歳の青年であったが、父の最期を聞くと、

「卑怯な徳川勢め！」

また単騎とって返し、父の仇《あだ》とばかり松平家信をさがしたが、見かけぬうちに大軍にとり囲まれ、八幡林で討死して父のあとを追った。いまも松林のなかに野呂助左衛門父子の碑が残っている。

家康は勝利とみて小牧山に引き揚げ、三月十七日の合戦は徳川方の勝利のうちに終わった。

大坂にいた秀吉は、犬山南方羽黒・八幡林の敗報を聞くとおどろき、三月二十一日、十二万の大軍を率いて東に向かい、二十七日、犬山に入城、勝入斎恒興と合流した。

『甫菴太閤記《ほあんたいこうき》』によれば、このときの秀吉のいでたちは、「金の唐冠の兜《かぶと》に前立、後立、中立して、緋縅《ひおどし》の鎧《よろい》に緑の羽織着、白月毛の馬に紫緂《しだん》の手綱かけて、ゆらりと歩ませつつ、人もなげに見わたし給ひけり」となっている。

このあと、小牧・長久手の戦いがあって、四月九日、長久手に長駆した池田恒興・森長可の二将が討死するのであるが、犬山城とは直接関係がないので省略する。

「金山越し」移築の真相

秀吉《ひでよし》と家康《いえやす》が和睦《わぼく》したのち、犬山《いぬやま》城はふたたび信雄《のぶかつ》の手にもどり、武田《たけだ》五郎三郎清利《きよとし》が城将となった。

天正《てんしょう》十五年（一五八七）、土方雄久《ひじかたかつひさ》が入城、天正十八年、信雄が所領を失うと、羽《は》柴秀次《しばひでつぐ》の父三好吉房《みよしよしふさ》、文禄《ぶんろく》元年（一五九二）、関白《かんぱく》秀次の臣三輪《みわ》五郎右衛門、文禄四年秀次が自刃すると、石川備前守貞清《びぜんのかみさだきよ》と移り変わっている。

ここで重要な人物は石川貞清である。

彼は慶長《けいちょう》五年（一六〇〇）、美濃《みの》（岐阜県）金山《かなやま》にあった森右近大夫忠政《もりうこんたいふただまさ》の城を家康からもらい、これで犬山城を再建しようと考え、金山城を分解してその用材を筏《いかだ》に組んで犬山に運んだ。これを金山越しという。

金山城は別名烏《う》ケ峯《みね》城とよばれ、天文《てんぶん》六年（一五三七）、斎藤大納言藤原正義《だいなごんふじわらまさよし》が築造した古城である。

したがって、日本最古の古城を犬山に移築したのは、石川貞清である、ということになっていた。

しかし、貞清がせっかくの用材で城を再建しようとしたとき、関ヶ原の戦いがおこり、貞清が西軍に属したため、工事中の犬山城は福島正則《ふくしままさのり》の大軍に囲まれてしまった。

貞清は恐れをなして城を明け渡し、京に入って頭を丸めてしまった。

したがって、この古城の再建が完成したのは、つぎの小笠原和泉守吉次《おがさわらいずみのかみよしつぐ》のとき、慶長六年であるといわれてきた。

ここでことわっておくが、美濃金山というのは、高山線にある金山ではない。名鉄広見線兼山《かねやま》駅の兼山で、八百津《やおつ》に近い。

わたしが中学生のころ習った郷土史では、犬山城天守閣は日本でいちばん古い、なぜならば、それは兼山にあった古城を慶長五年に移築したものだからだという ことになっていた。

これは諸種の文献から学界の定説でもあった。

しかし、移築の年といわれる一六〇〇年から三百六十一年を経た昭和三十六年七月から、四年間にわたって行なわれた解体修理によって、その定説は完全にくつがえされるにいたった。

城郭研究の権威、故城戸久《きどひさし》博士著『国宝・犬山城』はこの間の事情にくわしいが、これによると、移築否定の理由はつぎのとおりである。
一、天守閣が他からの移建であるならば、解体したさい、柱や貫《ぬき》につけられている組み合わせのための番号・符号の類が最小二種類あるべきである。当初新築の場合と、移築解体のさいの番符である。しかし、じっさいには一種類しか発見されなかった。
天文六年から慶長五年までは六十三年たっている。新築当時の同一技術者が解体するのならば、ダブって番符をつける必要はないが、その可能性はきわめて少ない。
二、移築であるならば、釘《くぎ》が二回以上打ってあるはずである。しかし、古い釘穴が見あたらないので、釘は一回打ったきりである。

三、移築であるならば、枘《ほぞ》や枘穴などになんらかの変化があるはずである。二度目にはめるとき最初同様ぴたりとはまるとはかぎらないからである。しかし、そのように修正した痕跡《こんせき》はなかった。

四、移建の場合には、再使用された古材と認められるべきものがあるはずであるが、犬山城の場合は、再用材は発見されず、すべて創建当初の用材のままと認められた。

以上の理由によって城戸博士は、「金山越し」による移建説を否定した。では、金山からは何もこなかったのか？　これについて博士は、「櫓《やぐら》や門は小《こ》牧《まき》の合戦のさい損傷したのであろうから、金山からきた用材で再建したかもしれぬが、明治初年に取りこわしているので、よくわからない」という。

また、現在の四階建ての天守のうち、一階・二階は古い鑓鉋《やりがんな》を使っているので、天文六年の創建とみてよい。

しかし、三階・四階はていねいな鉋《かんな》かけをしているので、慶長五年ごろに新材をもって増築されたものとみるべきだ（金山の古材は用いていない）。

そして、南北正面の大きな唐破風《からはふ》は元和《げんな》六年（一六二〇）、成瀬《なるせ》家初代正成《まさなり》がつけたものと認められる。

では、犬山城は日本最古の天守閣ではないのだろうか？

ところがやはり、日本最古なのである。下層の一階・二階は、天文六年、織田《おだ》信康《のぶやす》によって造築されたものとみてまちがいない。

江戸期から明治・大正を経て、昭和三十九年まで、犬山城天守閣は、天文六年、美濃金山の城主斎藤正義《まさよし》がつくった古い天守閣を移築したものと信じられてきた。しかし、その説は昭和の解体修理によって否定された。ところが、おもしろいことに、下層の一階・二階はいぜんとして天文六年、織田信康の創建にかかるものと認められ、やはり、犬山城天守閣は日本最古のものというお墨付をいただいたのである。犬山市民も当時の城主の成瀬正勝《まさかつ》氏もほっとしたことであろう。

犬山城主の悲願

さて、江戸から明治維新にいたる犬山城《いぬやま》をめぐる成瀬家《なるせ》の無念について物語らねばなるまい。

成瀬家は二条関白良基《にじようかんぱくよしもと》の血をひき三河足助庄《みかわあすけのしよう》に住んだといわれる。

成瀬家初代城主正成《まさなり》の父正一《まさかず》は、生地の三河を出て、諸国を回ったすえ、天正《てんしよう》十八年（一五九〇）、武蔵《むさし》国北部七万石の代官を命ぜられ、関ヶ原の戦い後は伏見《ふしみ》城留守居《るすい》奉行を命ぜられ、元和《げんな》元年（一六一五）、八十三歳で世を去った。

嫡子正成は、少年のころから家康《いえやす》の小姓《こしよう》として奉公したが、十七歳のとき小牧《こまき》の役に従軍して、初陣で兜首《かぶとくび》をあげた。

小田原《おだわら》攻め、関ヶ原の戦いなどにも出陣して武功をあげたが、根来《ねごろ》法師をなだめ、堺《さかい》の管理役をつとめるなど、年とともに老練な政治家の一面を示しはじめた。

慶長《けいちょう》十二年（一六〇七）、大御所家康が駿府《すんぷ》城に隠居すると、正成は本多正純《ほんだまさずみ》・安《あん》藤直次《どうなおつぐ》らとともに駿府執政の役を仰せつかった。事実上、幕府を動かす閣僚である。

このままでゆけば、当然正成は譜代の国持ち大名となったはずである。

しかし、老獪《ろうかい》な家康は正成の才幹を手放そうとはしなかった。

慶長十五年、家康は執政の成瀬正成と安藤直次を自室によんで茶を振る舞い、こう告げた。

「義直《よしなお》（尾張大納言《おわりだいなごん》）・頼宣《よりのぶ》（紀伊《きい》大納言）に傅役《ふやく》をと思って、松平康重《まつだいらやすしげ》・永井直勝《ながいなおかつ》を頼もうとしたところ、うまくことわられてしまった。しかし、どうしてもしっかりした傅役がついていないと、若いふたりでは先のことが思いやられて、死ぬにも死ねぬ……」

そういわれると、ふたりは考え込んでしまった。執政は家康の直臣であるが、傅役となると陪臣である。いつ大名に取り立てられるか見当もつかない。

しかし、家康の知遇を思うとことわりもできぬ、ついにふたりは承知した。

家康はおおいに喜び、

「ふたりは特権をもった幕府からの付家老だ。けっして陪臣扱いはせぬ。義直たちがいうことを聞かぬときは容赦なく斬れ」

といって、刀一振りずつをあたえた。

ふたりは感激したが、これが成瀬家二百数十年にわたる忍従のはじまりとなるのである。

慶長十七年、正成は付家老として尾張名古屋に赴き、筆頭家老として国政をあずかることとなった。

大坂冬・夏の陣も終わり、元和三年、成瀬正成は犬山の城主となり、三万石を領するようになったが、大名ではない。

世間では犬山藩主の成瀬家というが、成瀬家が藩主すなわち大名になったのは慶応《けいおう》四年（一八六八）のことで、明治四年（一八七一）には廃藩となっているのである。

初代正成は寛永《かんえい》二年（一六二五）正月十七日、自分を認めてくれた家康の命日に五十九歳で死亡した。時の将軍家光《いえみつ》は、深く正成の死を悼《いた》んだ。

正成は勇武の将であっただけでなく、大坂城総濠《ぼり》埋立担当奉行をつとめるなど、行政面でも功績があったことを古老から聞いていたからであった。

死にのぞんで正成は嫡子正虎《まさとら》に十九か条からなる遺訓を残した。その内容は、上に奉公をつくすこと、孝道を忘れぬことなど、道徳を教えたものである。

家光は彼の死を悼み、三日間江戸市中の鳴りものを禁止し、喪に服せしめた。遺骨はとくに日光東照宮家康廟《びょう》の近くに葬られた。また尾張義直は名古屋に白林寺を建てて正成の菩提《ぼだい》を葬ることとした。

二代目の隼人正《はやとのかみ》正虎もよく尾張家を補佐した。逸話のひとつとして大井川馬乗の話が伝わっている。

寛永十年（一六三三）春、尾張二代目の光友《みつとも》が江戸へ下向するとき、大井川で増水に出会った。供のものは駕籠《かご》をすすめたが、正虎は断固として騎馬をすすめた。当時、光友はわずか九歳であった。しかし正虎は、

「武功の大将たるものは、少々の水を恐れてはなりませぬ。八条流の馬術を習ったのはこの日のためのこと」

と叱咤《しった》して幼君を馬で川越えさせたという。

さて、このあと、三代正親《まさちか》・正幸《まさゆき》・正泰《まさもと》・正典《まさのり》と六代目までつづき、ころも明和《めいわ》から文化《ぶんか》年間にかかってくるが、いつも成瀬家の主従の頭を離れぬ重い問題があった。それは大名昇格である。

家康が成瀬・安藤両名に傅役を頼む以前に永井直勝・松平康重に傅役を頼んだが、彼らはうまくことわった。そして、直勝の倅尚政《なおまさ》は十万石の大名となり、その三男尚庸《なおつね》は二万石を領して若年寄となっていた。松平康重の倅康映《やすてる》も五万石をうけている。

なんとしても大名になりたい……。その願望が犬山城に満ちていた。

文化六年（一八〇九）、七代目の当主となった正寿《まさなが》はこの実現にのりだした。

彼はまず、同じ付家老という境遇にある紀州の安藤・水野・尾州の竹腰《たけのこし》、水戸の中山家らと連絡をとり、自分たちの家柄を「五家」と称することにした。御三家まではゆかなくとも大御所家康から特命をうけた特権のある家柄という意味である。

さらに、幕閣の老中などと接近するため正寿はできるだけ江戸滞在をながくした。尾張藩の付家老でありながら、彼が在職中はほとんど江戸で暮らし、犬山や名古屋にいたのはわずか二年にすぎない。次いで、行列その他を華美にして大名待遇であることを官民に印象づけようとした。

また、天保《てんぽう》年間(一八三〇~四四)、老中水野越前守《みずのえちぜんのかみ》にとり入り、大名並みに将軍代替わりごとに幕府に忠勤を励む誓紙を提出すること、朔《さく》(一日)、望《ぼう》(十五日)などに登城することなどの許可を願い出た。

しかし、これは水戸の烈公斉昭《なりあき》が猛反対したため実現しなかった。天下の副将軍をもって任ずる斉昭は、付家老が大名並みの特権をもつことに反対したのである。

また、正寿の嗣子正住《まさずみ》が、尾張侯の使者として京へ派遣されたとき、十万石の大名の格式に行列を飾り、「尾州犬山、成瀬隼人正殿」と大名まがいの道中札を家臣に持たせたこともあった。

しかし、なかなか大名昇格の望みは達せられず、天保九年(一八三八)、正寿は五十七歳で世を去った。明治維新はもうそこまできていた。

八代正住はかなり自我の強い男であった。脇差《わきざし》をさしたまま十代藩主斉朝《なりとも》の前に出たり、十一代藩主斉温《なりはる》が没すると、幕府と相談して、将軍家斉《いえなり》の十一子田安《たやす》斉荘《なりたか》を嗣子に迎えた。尾張藩主に子のいないときは、親戚《しんせき》である美濃高須《みのたかす》藩に相続権があるということになっていたので、藩士たちは憤激した。

このほか、正住はつぎの条項で藩士たちに疑いをかけられた。

一、尾張藩領信州木曾《きそ》山中で伐《き》り出された官材は、木曾川の筏《いかだ》流しによって尾張藩に運ばれるが、増水時は流木を途中の犬山で引き揚げ、かってに売却している。

二、米穀がないので、尾張藩では他国への売却を禁じているが、犬山領では売り出している。

三、米の高値のため、酒の醸造が制限されているのに、犬山領ではつくって売り出している。

四、犬山では交易市と称して、矢来を構え、番所を設け、なかで賭博《とばく》をしているらしい。犬山近在の百姓で博奕《ばくち》で身代をするものがふえてきている……。

このような事情で正住の評判はきわめてわるくなり、ついに名古屋の用邸から犬山に引き揚げ、当番の付家老も美濃の竹腰正諟《まさあと》に譲ってしまった。

最後の悲劇「青松葉事件」

しかし、時代は刻々と移りつつあった。

天保《てんぽう》十四年（一八四三）、正住《まさずみ》はふたたび出仕することになった。

やがて、勤皇佐幕の争いが激化し、浦賀《うらが》には黒船がやって来る。

尾張《おわり》藩主は高須《たかす》家から入った慶勝《よしかつ》で、彼ははじめ御三家筆頭として幕府を支持する立場をとり、正住もよくこれを補任したが、成瀬《なるせ》家大名取り立ての叫びなどは、騒然たる世相の動きのなかで、呟《つぶや》きのように小さなものとしてしか聞こえなくなっていた。

安政《あんせい》四年（一八五七）、ついに野望を達しえなかった正住は恨みをのんで、世を去る。子がなかったので、丹波篠山《たんばささやま》六万石の青山忠良《あおやまただよし》の次男正肥《まさみつ》が九世隼人正《はやとのかみ》として犬山城主となった。

正肥は正住の死ぬ二年まえ養子となっていた。大名昇格の悲願について聞いていたので、主君慶勝を盛り立てながらその機会をねらっていた。

万延《まんえん》元年（一八六〇）、井伊《いい》大老暗殺、元治《げんじ》元年（一八六四）、長州征伐に尾張慶勝は征討軍の総督として広島に進出した。十月、長州は降伏し責任者の家老三名に切腹させ、その首を塩漬《づ》けにして広島に送ってきた。正肥は国泰寺《こくたいじ》においてその首実検を行なっている。この段階では、慶勝も正肥もまだ佐幕派であった。

時代は走馬燈《そうまとう》のごとく目まぐるしく移る。

慶応《けいおう》二年（一八六六）、第二次長州征伐が行なわれるが、幕府は不調、将軍家茂《いえもち》は七月二十日、大坂城中で死去。

そして、慶応三年十月十四日、将軍慶喜《よしのぶ》大政奉還。このとき、尾張慶勝は土佐《とさ》

（高知県）の山内容堂、薩摩（鹿児島県）の島津久光、越前（福井県）の松平春嶽らとともに、会議に参加した。

十二月九日、王政復古の号令くだる。京都にいた慶勝と隼人正正肥は、もはや幕府の命運はつきたと考えざるをえなかった。

そして、翌慶応四年正月三日、鳥羽《とば》・伏見《ふしみ》の戦いがおこり、朝廷は慶喜追討令をくだした。尾張藩の思案のしどころである。あくまで御三家の筆頭として慶喜を支持するか、それとも薩長とともに江戸を攻めるか……。

ここで意外な「青松葉事件」がおこるのである。

藩主慶勝・付家老正肥らが名古屋を発《た》つとき、藩論は佐幕であった。したがって老職の渡辺新左衛門《しんざえもん》・榊原勘解由《さかきばらかげゆ》・石川内蔵允《くらのじょう》らは当然藩主の意を体して、徳川《とくがわ》家を支持する態度をかためていた。

しかし、京都では大政変がおきている。慶勝は正肥ら在京の重臣と相談して、藩をいっきょに勤皇討幕に変身せしめることとした。そして、その実を示し、薩長の新政府に協力の実を示すため、渡辺ら佐幕派の家老たちを斬《き》ろうと決意したのである。
慶応四年正月二十日、慶勝は正肥を伴って名古屋城に入ると、ただちに城門を閉めさせ、渡辺ら三名の家老を「朝廷の命にそむきしかどにより」として、斬首《ざんしゅ》に処した。この検分を行なったのが隼人正正肥である。

つづいて総計十四名の佐幕派の上級武士が処刑された。いずれも朝敵として斬首されたものである。

藩主がよく話をすれば、渡辺新左衛門たちも納得して、勤皇側についたのであろうが、藩としては、〝佐幕派〟を斬って、新政府に〝忠誠〟の実をあげる必要を感じていたのである。尾張藩最後の流血の悲劇であった。渡辺新左衛門の俳号が「青松葉」であったところから、この処刑事件は青松葉事件とよばれている。

かくして、明治維新。青松葉事件の直後、成瀬正肥に意外な吉報がとどいた。慶応四年正月二十四日、成瀬隼人正正肥を犬山藩主として藩屏《はんぺい》に列する、という沙汰《さた》が新政府からとどいた。

初代正成《まさなり》が城主となったのが元和《げんな》四年（一六一八）であるから、ちょうど二百五十年目に大名になるという悲願は達成せられたのである。

しかし、改革の波ははげしくうち寄せ、翌明治二年版籍奉還、四年には廃藩置県となり、犬山藩はわずか三年の命を終わった。

現在は十二代目成瀬正俊《まさとし》氏が城主で、いぜんとして全国唯一の個人所有の古城である。

金沢城

馬場あき子

ばば・あきこ

1928年～。歌人、評論家。「歌説話の世界」で紫式部文学賞受賞。「桜花伝承」「鬼の研究」など。

利家と金沢

金沢には何度か来たことがある。けれど、城に関心をもったことはなかった。ぞろぞろと石川門を出入りする学生の群れに学府金沢の風土色を感じたことはあっても、そこに城という重厚な孤独を感じたことはなかった。

いま、往年の百万石の城をしのぶ唯一の遺構に正面きって対面しようとしながら、わたしはなんとなく躊躇《ちゅうちょ》を感じ、駅前からタクシーを拾うと、まず前田《まえだ》家累代の墓地、野田《のだ》山にのぼってみた。

駅からまっすぐ前田家墓地を目ざす女にかわった感じをもったのか、「ご関係の方ですか」と運転手が聞いた。わたしは曖昧《あいまい》に笑いながら、そうだ、何かを書くということは、いささかご関係にはちがいない、と心に頷《うなず》き、藩祖前田利家という人物に、ゆっくりと親愛の目を向けてみる。

野田山は小糠《こぬか》雨に濡《ぬ》れそぼち、道はところどころぬかって、のびひろがった真《ま》葛《くず》や野草が夏の植物の鬱陶《うっとう》しさをみせていた。利家と芳春院《ほうしゅんいん》の墓、利長《としなが》・利常《としつね》らの墓が、ひとつひとつ鳥居を立てた玉垣に囲まれ、苔《こけ》もかわいた墓石を樹木のかげりとともに散在させている。

鳥の声もない静けさのなかに冷えきっている墓石の間を歩いてみたが、どうも殺風景で、時間はすべてを滅してしまったようにさえ思われる。利家というユニークな戦国武将は、はたしてどのくらい金沢を愛していただろう。

史書はよく、金沢宝円《ほうえん》寺所蔵の前田利家画像を紹介している。とり出してみると、それは若き日のかぶき心の心意気が、まだ十分に感じられる洒落《しゃれ》者という感じがする。瀟洒《しょうしゃ》にくつろいだ身なりをして、どうにも心のよみがたいまでに視点を曖昧にぼかし、しかもどこか温かなやさしい情感を漂わせながら、ふいにとぼけた表情をみせている。

しかし、彼はけっしていいかげんな人物ではなかったし、そのほどよい社交性と律義さは、多くの戦国武将の信頼を集め、敵が少なかった。信長《のぶなが》につかえ、かたわらに寝かせたと信長自身戯れ言《ざごと》をいうような寵愛《ちょうあい》をうけたが、本能寺《ほんのう》の変後は、秀吉《ひでよし》の昵懇《じっこん》の情誼《じょうぎ》を得て、「おさなともだちより、りちぎを被成御存知候故」と秀頼《ひでより》の傅育《ふいく》をまかされ、そのうえ、家康《いえやす》とも親交があった。つまり、信長・秀吉・家康という強烈な個性をもった人物が、それぞれに愛し、信頼し、敵にしたくないと思うに十分な力と人徳をもった人物であったといえよう。

利家はあまり金沢城での生活をもたなかった。しかし、遺骸《いがい》は金沢に眠るべく遺言して、はるばるこの地に運ばせたのである。天正《てんしょう》十一年（一五八三）、金沢城に入ってから十六年、その領土経営のなかに生まれていた遺志が躊躇なくこの地を永遠に存在すべき地としてえらんだのであった。慶長《けいちょう》四年（一五九九）閏《うるう》三月三日に亡くなった利家の遺骸は、四月三日に金沢に着いた。閏月のあった旧の四月、桜はすでに散りつくしていたであろうか、土はしっとりと潤いを帯び、ここ野田山はうっすらと初夏の気配がきざしていたにちがいない。

そのころの金沢はどんなであったろう。野田山から水の豊かな犀《さい》川に沿って下りつつ、この辺の人である運転手は、以前は中州《なかす》が豊かで川は二俣《ふたまた》をなして流れ、だれの土地でもない中州には勤勉に野菜をつくるものもあったと話してくれた。わたしはこの話をおもしろく聞いた。だれの土地でもない土を耕すことは、戦後のきびしさが生んだものであろうか。いや、それは、もっともっと深く長い、加《か》賀《が》（石川県）の農民の血が、ふっと現代に甦《よみがえ》っているように思えてならないのである。

金沢城周辺

きょうは、じつは金沢城の案内を郷土史家でもある金沢高専の森栄松氏にお願いしてある。まだすこしの時間があるのを見はからって、わたしはさらに卯辰《うたつ》山から金沢城址《じょうし》を見おろしてみたいと思い、車を走らせて浅野《あさの》川のほとりに出た。浅野川は昨夜の雨に水かさを増し、大河の風貌《ふうぼう》をもってはげしい流れをみせている。さきの犀《さい》川とこの浅野川にはさまれ、卯辰山を屏風《びようぶ》のようにめぐらしたかたちで、城は小立野台地の末端に位置しているのだ。

卯辰山にのぼる道は竹が緑のそよぎをみせ、やわらかな霧がゆるく山を包んでいた。山は一四一メートル余、城よりなおすこし高いため、民百姓はこの山にのぼることを禁じられていた。雨にけぶる卯辰山は情緒的で美しく、このやさしい丘陵はとても城にとっての要害には頼めなかったであろうと思われる。

山の頂近く、清水誠（マッチの開発者）の碑を見て、なんとなく車を降り、霧間にけむる街と城跡を見る。ぼんやりと、城跡とも思えぬ城跡の建物の影を見ていると、物知りの運転手が教えてくれた。この御禁制の山に夜陰に乗じてのぼり、収奪のはげしい農民生活の苦しみを訴えて、闇夜《やみよ》に怨嗟《えんさ》の声をあげた農民デモが、きびしい藩制時代にもあったのだという。

それはいったいいつごろのことだろう。考えてみると加賀百万石を保った三百年の歴史は、絶えざる農民収奪と、商人とのきわどい駆けひきによってまかなわれていたといえるかもしれず、ことに六代藩主吉徳《よしのり》時代に、側室たちの対峙《たいじ》のなかに引きおこされた加賀騒動がおさまった宝暦《ほうれき》四年（一七五四）以降は、藩主の交替がはげしく、百万石の格式においてなされる、そのつどの儀式だけでも赤字はかさむいっぽうであったらしい。百姓たちの打ちこわしが連鎖的におこっているのもこのころで、藩は悪質不評の銀札を発行していたが、その煽《あお》りで物価ははね上がり、農民は飢餓に迫られ暴動へと発展したのである。

加賀藩には有名な非人小屋があって、それは厩舎《きゅうしゃ》なみのものではあったが、乞《こ》食《じき》・浮浪者のたぐいを収容し、授産の名において労働させていたが、それは「さすが百万石」という賛嘆とともに、人力をすこしのむだもなく使うという点では、徹底していたというべきかもしれない。かつて加賀が金沢御坊《かなざわごぼう》を中心とする一向《いっこう》宗《しゅう》の国であり、門跡《もんぜき》の仕置（掟《おきて》）に従い、百姓の知行した国であったことを思えば、前田家はよく藩制を確立して農民を鎮圧しきったということになる。城の存在が消滅してしまっている現在、百万石の城の存在感はむしろ、その外側にあって見守ってきた人びとの意識のなかに深いようだ。

わたしはわずかの残影を求めながら、卯辰山を下りて浅野川沿いの東郭《くるわ》のあたりを歩いてみた。磨《みが》かれた格子《こうし》の美しい家並みはよく残っていて、京の祇園《ぎおん》よりは親しみやすく、山崎橋本のあたりよりかたちがととのい、むかしの解放的な夜の気分をほのかに漂わせている。そのなかの一軒に見学の許される家を見つけ、あげてもらう。

ここ東郭は檀那《だんな》衆、犀川べりの西郭はもうすこし身軽な遊び人たちが客であったという。それほど大きくない小料理屋ふうの座敷が二階と下とにいくつかあり、意外につつましい遊興の夜を思わせる。

わたしは昼食に、熱い治部煮《じぶに》の椀《わん》の蓋《ふた》を取りながら、東と西の遊郭に、身分に応じたそれぞれの解放の夜があったことを思い、また近年、忍者寺としてとみに有名になった西郭に近い妙立寺《みょうりゅう》のことを思った。前田家祈願所として三百石の寺格をもつこの寺は、いろいろと造作にふしぎなしかけが多く、物見出城のようにも、忍者砦《とりで》のようにもいわれているが、土地ではもうひとつ、「なあに、西郭にあがろうかどうしようかという、おにいさんたちの手なぐさみの場所なのさ」という話もある。

なぜか、つねに、遊びの場にだけ真剣に、哀《かな》しいまでに命がけになりやすい日本人の庶民的精神構造には、やはり近世三百年の、太平とみえて苛酷《かこく》であった政治の影が投影していると考えてもまちがいではなかろう。

石川門にみる戦国武将の遺志

利家《としいえ》の嫡男利長《としなが》によって掘りひろげられた百間堀の跡は、いまりっぱな道路になっている。ここを歩きながら斜めに見上げる石川門は、左右に白壁の太鼓櫓《たいこやぐら》を従え、鉛葺《ぶ》きの屋根瓦《がわら》を鈍く輝かせて、緻密《ちみつ》に積まれた石垣の上に美しく居すわっている。しかし、遠目にやさしい石川門は、坂をのぼるにしたがいその重厚と剛毅《ごうき》な容姿をあらわにし、内剛の意志を秘めた搦手《からめて》門の守備の姿勢を印象にきざむ。

いまの石川門は宝暦《ほうれき》九年（一七五九）の大火で全焼したあと、天明《てんめい》八年（一七八八）にやっと再建されたものである。なんと二十九年目にあたる。ということは、世はすでに堅固な搦手門を必要としない時代であったということだが、にもかかわらず、その構想や建築技術には、そっくり藩祖利家の細心な防衛の心が生かされており、屋根の瓦は四ミリないし六ミリほどの鉛で瓦形の木材をおおったものだ。これなら鉄砲に当たっても穴が小さく、また味方に弾丸が尽きたときは鋳なおすことができるという、鉄砲全盛時代の戦いの知恵であった。

石川門は重文指定がされている。材質は欅《けやき》で、厚い鉄板を鋲《びょう》打ちし、豪快な強さをみせてなまこ塀《べい》を連ねている。この塀は分厚く、なかに砂利が詰まっているため、鉄砲の弾が当たっても突き抜けず、砂利はすぐ穴をふさぐというしかけである。門を入っておどろくのは、外からは見えない鉄砲穴が塀裏にぞろりと並んでいることで、実戦ともなればすぐ、ふさいである壁を破って銃口が外をにらむ。

門の左右は菱《ひし》櫓で、これも鉄砲戦に合わせて撃ちやすい菱形がくふうされたといわれ、唐破風《からはふ》の優美な出窓をもっている。この出窓はところどころにあるが、いずれも底の部分の開閉ができ、射撃、落石、さまざまな防御法を隠した窓であった。第一門を入ると右手に多聞《たもん》づくりの堅固な門があり、階上は兵がこもり、ここからも一斉射撃《いっせい》ができるようになっている。第一門を突破して小広場をなす桝形《ますがた》になだれ込んだ敵を殲滅《せんめつ》する場所である。

わたしはこの桝形に立って、もう一度あの肖像画の利家の顔を思い浮かべた。かぶき者の気風の抜けぬ若き日の利家は、はで好みの槍《やり》をたずさえ、短気であったという。信長《のぶなが》の同朋衆のひとりに意趣をいだき、信長の目のとどくところで斬殺《ざんさつ》し、きびしい勘気をうけたこともあった。だが、この利家が人びとから感嘆されていたもうひとつの面は、その性情の律義さと、緻密《ちみつ》な経理計算の才能であったという。

利家が金沢城に入ったのは天正《てんしょう》十一年（一五八三）だが、この城を根本的に改造したのは、高山右近《たかやまうこん》である。天正末期、秀吉《ひでよし》が発したキリシタン禁令によって、信仰の道をえらんで城主の地位をなげうった右近が、前田家の食客としてやってきたのを機に、いっさいを委嘱したのだという。

しかし、いくら一任したからといっても、まさか利家が知らぬ顔をしていたわけではあるまい。何度も図面は検討され、くふうはこらされたであろう。とすれば、その後何回もの災害によって消滅してしまった金沢城の幻をみるべく、今日に残されている石川門と石垣との断固とした守備の姿勢は、太平の世に再建されたものではあるが、その三百年の幕藩時代をいっきょにとびこえ、利家という戦国武将の思慮の極致を今日に残していることになる。

金沢城の歴史

金沢城の歴史の概略をふり返ってみると、文明《ぶんめい》三年(一四七一)、本願寺《ほんがんじ》の蓮如《れんにょ》上人によって金沢御坊《ごぼう》が築かれたのがはじめであるといわれている。しかし、これは記録的にはあまり証拠がなく疑わしい点も多いようだ。

もっとも確かな時点でいえば、天文《てんぶん》十五年（一五四六）、金沢に加賀《かが》の全力を結集した大伽藍《がらん》が完成し、七高僧が下ったという記録があり、金沢御坊（尾山《おやま》御坊とも）の完成はじつはこのころであろうという。

しかしながら、金沢はなぜその布教の拠点としてえらばれたのであろうか。迫害に対して戦闘的であった一向一揆《いっこういっき》は、この拠点を守るべく土塁を築き濠《ほり》をうがって、防衛設備を施したが、金沢がえらばれたのはここが守備の要害であったからではない。それはむしろ北陸道の交通の要衝であったためで、海運に便利な港をかかえ、米と魚類に恵まれ、犀《さい》川上流は金を産し、「金沢」という豪勢な名は「尾山」という本来の名と並称されつつ鎌倉初期から知られていた。将来、重要都市として発展すべき地相であったのだ。しかし、秀吉《ひでよし》が利家《としいえ》をこの地に封じた意図は、越前《えちぜん》（福井県）の丹羽《にわ》氏にあてた書簡にも「越前一の木戸」と思ってくれるようにといっているのでもわかるだろう。つまり、北陸道をのぼってくる越《えっ》中《ちゅう》（富山県）・越後《えちご》（新潟県）の勢力へのおさえとなり、北陸防衛の前線としてのにらみを期待したのである。

秀吉はさらに、「一向一揆などはほうっておけばよろしい。あとでゆっくり自分が鎮圧する」といって、北陸防衛に専心するよう命じているが、金沢御坊設立以来、数十年にわたる宗教支配による政治の伝統は、前田《まえだ》領になってからもなかなか消えず、藩制確立期の苦労は、この金沢御坊時代に養われた「百姓の知行する国」とのきびしい戦いであったといえる。

ともかく、金沢の地は一向宗布教の拠点と目される文教の要地にふさわしい条件とともに、要害ではないが、また、武将の垂涎《すいぜん》する地理的要衝であったのである。

そして、一向一揆の拠点金沢御坊が壊滅したのは天正《てんしょう》八年（一五八〇）であった。一向一揆殲滅《せんめつ》の強固な意志を、残虐にまでもち継いだ信長《のぶなが》の攻撃に屈したのである。信長はこの御坊砦《とりで》を佐久間盛政《さくまもりまさ》にあずけた。盛政はただちに濠を掘りめぐらし、土塁を堅固にして、武将の拠《よ》る城としてのかたちをととのえ、はじめて尾山城という城名をもってよばれた。その後二十年の金沢城の発展は、まさに戦国末期の風雲とともにあった。

佐久間盛政が尾山城に入ってから三年、本能寺《ほんのう》の変がおき、変後、信長麾下《きか》の群将たちの争いのなかで、盛政は柴田勝家《しばたかついえ》にくみして秀吉と戦うことになり、賤《しず》ヶ岳《たけ》の一戦に敗れて殺される運命をたどった。このときの利家は、勝家に対して、はじめて越前府中（武生市《たけふ》）に拠った日以来、「親父《おやじ》さま」とよんできた親愛をもっているいっぽう、秀吉とは娘を養女縁組みするほどの昵懇《じっこん》の交わりをもっていたため、非常に苦慮したもようである。そのうえ、嫡男利勝《としかつ》（のちの利長《としなが》）は佐久間盛政の配下に所属していた。

利家自身の軍団は、その盛政の左翼にあたる山に拠って情況をみていたらしい。合戦は柴田勢の大岩山《おおいわ》奇襲にはじまったが、その先鋒《せんぽう》にあった利勝勢は、秀吉側の反撃にあって、徐々に本隊の佐久間陣へと退却してきた。佐久間勢が支援のため、出撃の陣を立てようとする機を見つつ、だが、利家勢は利勝勢を吸収して、木《き》ノ芽《め》峠《とうげ》を越え、越前府中へ向けて総退却を開始したのである。それは意外であったし、果敢な、ともいえる総退却であった。危険はしばしば利家父子にも及び、利家がもっとも信頼してきた譜代の勇将の多くが討死した。

しかしながら、この退却戦には、利家の人生への対処法が如実に現われているようで心ひかれるものがある。律義でもあり、情にあつかった利家の立場は、戦いの当初たしかに双方に肉親をあずけていて兵を動かしえなかったのであるが、その行動の機はじつに微細にうかがわれ、一瞬をあやまたずよく計算されていたといえる。

府中に兵を引いた利家はただちに秀吉に降り、こんどはその先鋒をつとめて越前平定に功をあげた。前田氏が金沢城を得たのは、こうした九死に一生の総退却と、覇者《はしや》としての秀吉の力を見きわめていちはやく屈服した決断のすみやかさによるものだが、また秀吉も府中《ふちゆう》城を囲みながら、その態度には、なが年の友に対する情誼《じようぎ》を先だてていたといわれ、利家を「おさな友だち」として信頼しつづけたい友愛をいだいていたことがわかる。

後年秀吉は、家康《いえやす》を尊重して利家よりはずっと上席の地位をあたえているが、軍談の席や回想のなかではつねに利家を尊重して先としたといわれ、個人的な信頼の点で、その武勇に加える律義さは、秀吉だけでなく、諸将とも強く「味方」

の実感をもちやすい人柄であったらしい。

金沢は利家が入城してから活気が生まれ、いちだんと発展をみせた。いま、「慶長府城古図《けいちょうふじょうこず》」を見ると、大手門からは河北門を経て三の丸に至り、さらにその奥に本丸が位置している。そして、搦手《からめて》の石川門から大手門へかけての東北地域と、二の丸から本丸へかけての西北地域には、城内に住むことを許された十数家の譜代の重臣の邸《やしき》が並んでいる。長九郎左衛門《ちょうくろうざえもん》邸・横山山城《よこやまやましろ》邸・富田《とみた》越後邸・小塚藤左衛門《こづかとうざえもん》邸などもみられる。これらは、あの苦しい賤ヶ岳の総退却戦に討死した勇将たちの子息たちの邸である。

こんなところにも、ふと、温かできびしい主従の紐帯《ちゅうたい》を感ずることができる。利家はその律義さを評価され人望を得ていたが、それはまた、その家臣に対する人物評定のものさしでもあった。金沢城主として、加賀《かが》・能登《のと》を領有することになった賤ヶ岳以後の利家は、いっそうこれら譜代のものたちの命がけの律義さを評価し、手あつく報いることによって、ひとつの方針をうち出していったのであろう。

この大手門を小坂口に向けて設計し、越中に対峙《たいじ》するかまえをみせたのは、あのキリシタン築城家、高山右近《たかやまうこん》の城改修によってである。しかし、それはもちろん利家の想にあったことでもあろう。ただ、秀吉の越中出陣は天正十三年であり、八月、佐々成政《さっさなりまさ》は富山《とやま》城に降伏した。秀吉はその後、天正十五年にキリシタン禁令を断行するが、高山右近が前田家に寄食したのはそのころということになる。

このころ越中にはすでに前田氏の勢力が伸びており、脅威とするものは、もはやなかったといえるが、しかしなお戦国乱世の意識は、この大手門の位置ひとつにも強く意思表示され、北陸道における金沢城の位置がありありと浮かびあがってくる。

金沢城が第一級の城らしい構えをもつようになったのは、その数年後のことで、文禄《ぶんろく》元年（一五九二）、秀吉が朝鮮出兵を強行した留守の間であった。利家は留守を守る利長に命じて補強工事をおこさせ、堀幅を四十二間（約七五メートル）にひろげ、長さを百五十間とした。百間堀の名が生まれた由縁である。さらに金沢から八キロも離れている戸室《とむろ》山から上質・堅固の石を切り出し石垣を組んだ。篠原出羽《しのはらでわ》が朝鮮からわざわざ帰国して指揮をふるったのはこのときである。さきにあげた「慶長府城古図」は、この改修完成後の図であるが、文禄二年、明《みん》国との講和が成り、利家は翌三年の正月を金沢城で迎えている。

おそらくこの古図にあるような、譜代の臣に囲まれた春であったろうが、油断のない戦国武将としての利家の目は、麾下の将卒に財政的ゆとりのないことを見抜いたのであろう。しかし甘えは許されない。大事はつねにこうした油断からおこるものなのだ。算用に長《た》けていた利家は、かえってこの機に蓄財の重要さを教えるつもりもあったのだろう。この正月の年賀に、一貫文・五百文・三百文・二百文というように、身分に応じての礼銭を要求している。

治においても乱を忘れぬとは、武を磨《みが》くことだけではない。いつでも、何にでも役立つ金銭をつねにたくわえていることだとは、貨幣時代の心がけに敏《さと》かった利家のモットーであった。利家はこのあと、一月二十日に家臣団を城中に召し入れ、大宴会をひらいて労をねぎらい、たちまち、また京に向けて出立していった。

金沢城の危機

前田家にとって、またその居城である金沢城にとって、もっとも危機らしい危機は秀吉《ひでよし》の死後、そしてその後、間もない利家《としいえ》の死後において顕著になった。慶《けい》長《ちょう》三年（一五九八）八月、秀吉が薨《こう》じてから、利家の死まではわずか半年である。秀吉とは三歳違いの年下であった利家は、そのおさな友だちとしての情誼《じょうぎ》をうけ、その律義さを信頼されて、晩年の秀吉は秀頼《ひでより》の傅育《ふいく》を依頼したほどであるが、その姻戚《いんせき》関係はさらに深く、利家の娘麻阿は秀吉の側室となり、さらにひとりの娘豪《ごう》は幼くして養女にもらわれ、太閤《たいこう》の秘蔵の子と寵愛《ちょうあい》されていた。さらに、和歌・茶の湯・能を通じても親密の度は深く、伏見《ふしみ》の前田邸に立ち寄る秀吉とは灸《きゅう》を据《す》えあう仲であったという。

秀吉亡きのちの実力者は、当然こうした昵懇《じっこん》の与力者利家と五大老筆頭の家康《いえやす》ということになるが、利家の死はこの力の均衡をたちまち破ってしまった。家督を継いだ利長《としなが》は三十八歳、家康は五十七歳、陰に陽に行なわれたその圧力に利長は耐えきれず、父のあとを継いだ秀頼傅育の任を放棄して帰国してしまうという行に出た。

利家は予感としてこうした情況を察知していたのか、自分の死後三年は帰国してはならぬと遺言し、葬儀いっさいも国もとにまかせて、利長・利政《としまさ》兄弟は名代を差し向けたほどであった。その利長の不意の帰国は何を契機としたものだったのだろう。一説では、家康がすすめて新藩主として領内を見回り、家中にも披露《ひろう》すべきだといったのに従ったのだともいわれる。

とすれば、結果的にはそれが罠《わな》であったのだ。利家の遺言を気にする老臣の憂いをよそに、帰国した利長が越中《えっちゅう》領を見回るとき重大な情報がもたらされた。利長は徳川《とくがわ》と戦うために帰国し、準備をととのえているというもので、浅野長政《あさのながまさ》、大野治長《おおのはるなが》らも同心、これは大坂に家康を襲う計画をもっていると密告するものがあったのだ。家康は急遽《きゅうきょ》、兵を集め利長討伐をくわだてた。

情報に接した利長は周章《しゅうしょう》して横山長知《よこやまながちか》を弁明に派遣するとともに、万一にそなえて城の防備を増強することにした。文禄年間《ぶんろく》（一五九二〜九六）、すでに石垣と百間堀は完成していたが、その後も堀はうがたれ、いもり堀・白鳥堀のほか、三の丸の外堀ができていた。

しかしそれだけではなお不安であったのだろう。利家の遺言のなかにも、合戦の場合は出撃して守るようにという一項があったが、文教地区の要地として開発された金沢は、拠《よ》るべき城を置く要害としては、改修をかさねてもなおかつ不安が多く残っていたのである。

利長はふたたび高山右近《たかやまうこん》に委嘱し、大手門から河北門の中間に新丸を築き、その外に大手堀を設け、さらに城をめぐる内堀を掘った。幸い大坂に派遣した横山長知はよく弁じ、ただし異心のないことの証《あかし》として、利長の母芳春院《ほうしゅんいん》を人質として江戸に下すことを約してこの事件を落着させた。そして、これによって、前田家の徳川家への従属は決定的になったのであった。

あと、かなりのちになるが、金沢城の防備の全貌《ぜんぼう》は、慶長十五年に外堀が掘られることによって完成をみた。このときは利長の弟利常《としつね》の藩主時代であった。まだ十九歳という年若な藩主であったが、築城の名人加藤清正《きよまさ》と協力して名古屋城をつくった経験から、おおいに学ぶところがあったらしく、国もとに命じてただちに外堀を掘らせた。全長四・四キロにわたる外堀は、例の石垣組みに腕をふるった篠原出羽《しのはらでわ》の指揮によって完成したのである。

利常は文禄二年、金沢城で生まれた庶子であった。七歳でようやく父と対面したが、八歳のときにはすでに人質として松任《まっとう》の丹羽《にわ》氏にあずけられていた。ところが幼少のときから人材の質は隠れもなかったらしく、丹羽氏も利常を厚遇したが、何より父ほど年齢のひらきのある兄利長は、翌年九歳のこの少年に、徳川秀忠《ひでただ》の娘珠《たま》姫を迎えて室とし、嗣子に定めた。

利常は十三歳で家を継いだが、幕府との調和を保つことに苦心し、のちには、その嫡子光高《みつたか》の室として水戸《みと》の頼房《よりふさ》の娘で家光《いえみつ》が養女としていた大姫を迎え、孫の綱紀《つなのり》の室にも、家光の弟保科正之《ほしなまさゆき》の娘である摩須《ます》姫を迎えるなど、加賀《かが》藩の安泰のための努力をするいっぽう、本願寺《ほんがん》寺との協調にも思慮をめぐらし、農民政策をきびしくして、すこしの反抗も許さぬ苛酷《かこく》な制裁をもってのぞんだ。加賀藩の基礎はおおむねこの時代に定まったといえる。

幻の金沢城

金沢城は築城秘話に類するものもなければ、百万石を保ちつづけた三百年の果てに、もちろん落城秘話もない。大藩の城でありながら規模もそれほど大きくなく、初期においてはひたすら堅実に建て増しされ、落雷・地震・類焼・失火などによって、たびたび新築・補修をくり返してきた。

石川門を入るとすぐ三の丸跡で、左にすすむと水の手門のある鶴丸《つるまる》に出る。石川門に向かって右手の堀も白鳥堀とよばれていたが、この鶴丸ともどもいかにも金沢という風土らしく、飛来した白鳥が水に浮かび、鶴が庭におり立つ風景が、ごく自然なものとしてながめられたらしい。水の手門のそばには殿さま用の井戸があり、毒物を用心して番小屋が建っていたという。鶴丸から右手奥にすすむ道をのぼると自然植物園になる。もみ・けやき・松などの古木が何百年かの巨幹を太らせ、大傘《がさ》のような枝をのびのびとひろげている。ここが本丸跡で、城中のもっとも高台にあたる。

慶長《けいちょう》七年（一六〇二）まではこの高所に、さらに高々と天守閣がそびえていたのである。その年の十月末、時ならぬ雷電に打たれ炎上したが、火は近くにあった火薬庫に引火して大爆発をおこし、折から新築成った利常《としつね》夫人邸も全焼した。藩はさっそく再建にとりかかったが、天守閣はもはや建てず、かわりに勾欄《こうらん》のついたみごとな三重の櫓《やぐら》を建てた。いま鬱蒼《うっそう》と繁茂する植物聚落《しゅうらく》のなかに立って、慶長の日の天守の壮麗をしのぼうにも、今日にはその絵図面さえ残っていないのである。

この落雷事故のあと十八年、元和《げんな》六年（一六二〇）、本丸はふたたび火災に罹《かか》り全焼した。こんどは城内からの出火であった。豪華な夫人たちの調度ももちろん全焼した。そして、またさらに十一年ののち、寛永《かんえい》八年（一六三一）、西南の風がはげしく吹きつける日であった。家臣のなかのある不心得者が民家に火を放ち、それが燃え移って思いがけない大火となった。火は城内にも飛び移り、辰巳《たつみ》櫓を焼き、本丸を全焼した。

このたびかさなる火災によって、本丸の高さがちょうど強風をまともにうけて、城下の火に類焼しやすいことがわかり、藩主の居邸を本丸の下の低地、三の丸の奥にあたる二の丸にきりかえることにしたという。本丸跡を逍遙《しょうよう》しながら、わたしたちは、百間堀の真上にあたる東の丸跡に出た。芳春院《ほうしゅんいん》が江戸から十五年の人質を解かれて帰り、入居したところである。慶長十九年、芳春院は六十八歳になっていた。この東の丸からは、いまもそうだが、むかしもよく町が見えたらしい。お城住まいの単調さに飽いていた奥づとめの人びとは、町のながめにふれたくて、この東の丸に行く用事を好んだといわれる。

芳春院は、穏やかな町の人通りや、働く商人の姿を遠目にながめながら何を考えていただろう。労苦をともにした夫利家《としいえ》はすでに亡く、嫡男利長《としなが》も亡くなっていた。豊臣《とよとみ》氏に親近して兄とは違った道を歩んだ次子利政《としまさ》は嵯峨《さが》に隠棲《いんせい》し、当主は庶子利常が継いでいた。

翌年大坂城は落城し、芳春院の時代はすべては終わって、世の中はあらたに徳川《がわ》氏を中心とした目まぐるしい動きをみせていた。まさに余生という実感に生きたであろう芳春院を、利常はたいせつに遇し、うやまったという。

金沢城にとってもうひとつ大きなことは、この利常の時代に辰巳用水が完成して、水利が豊かになったことである。この難工事をなし遂げたのは、勘算・測量にすぐれた才をもった、町人出身の能登《のと》の小代官板屋兵四郎《いたやへいしろう》であった。すでにいくつかの用水路をひらいて経験を積んでいた兵四郎は、土地の条件を検討して、犀《さい》川の上流から取り水することにし、延べ八キロ余にわたる長大な水路を完成させた。以後、金沢城の堀には豊かな水が満々とたたえられることになった。のちに十二代の藩主斉広《なりなが》が隠居所として建てた豪壮な邸宅、竹沢御殿の庭、兼六園《けんろくえん》の池も、すべてこの用水の恩恵をうけたものである。

だが、兵四郎については、不幸にもその天命を全うしえなかったといううわさもある。「これほどの大事をし遂げたからには、無事でいられるはずはない」という不運への予測は、いかにもお城秘話的ニュアンスをもってささやかれたのであろう。もちろん、これをうち消す人も多い。

金沢城の歴史をふり返ってみると、じつによく火災、その他の災害にあっている。利常時代までにもたびたびの火災に罹ったことは述べたとおりだが、その後も宝暦《ほうれき》九年（一七五九）、城下に発した火災の延焼をうけ、十代重教《しげみち》が幕府から五万両の借財をして再建にかかったが、かの有名な加賀《かが》騒動後、藩主の交替がはげしく、藩の財力は疲弊しきっていたといわれ、藩は悪評高い銀札を発行していた時代であった。搦手《からめて》である石川門の再建に二十九年を要したというのも、こうしたことにかかわるものである。

そしてさらに金沢城は、約五十年後の文化《ぶんか》五年（一八〇八）、もう一度二の丸を全焼する。このときは藩主斉広が領民から冥加《みようが》銀五千貫目を集め、明治十四年（一八八一）の火災によって焼失するまで、百万石の威容を誇った壮麗きわまる城御殿を建てた。

考えてみると、今日では消えてしまっている金沢城と加賀藩のかかわりは、火災と借金との戦いであり、百万石の格式と体面を守るという、そのことの名誉にふりまわされたようにもみえる。こんなにも固執されねばならなかった城の魅力とはいったい何だったのだろう。石垣を築き、濠《ほり》をめぐらした高台の上の白亜の輝きは、近世幕藩体制のくびきを負う大名にとって、あるいは領民の不満をかわす権威の象徴であったのかもしれず、堅固な守備の要害であったのかもしれない。そう思うと、その壮麗さも、戦国武将の誇り高い孤高の覇気《はき》とはすこし違ったニュアンスをもちつつ、よりきびしい孤独を自覚させる壮麗さへと移りつつあったのではなかろうか。

安土城

山田風太郎

やまだ・ふうたろう

1922年〜2001年。「甲賀忍法帖」などの忍法帖シリーズが大ブームとなる。ほかに「戦中派不戦日記」など。

平安なる光秀

天正《てんしよう》十年（一五八二）初夏、安土《あづち》で明智光秀《あけちみつひで》は、はじめて平安の日々を迎えた。

彼は、その四月二十一日、主君の信長《のぶなが》とともに甲州陣から凱旋《がいせん》したばかりであった。

彼にとって、ほんとうにそれは生まれてはじめて意識する平安の日といってよかった。ただ自分の軍学を生かす道はないものか、と焦《あせ》りつつ諸国を漂泊していた牢人《ろうにん》明智十兵衛《じゆうべえ》時代はもとより、その自分を信長が拾ってくれたあとも、それまでにまさる悪戦苦闘の歳月であったから。——

が、いまや最大の敵国であった武田《たけだ》をついに滅ぼした。

むろん、まだ敵はある。北陸道で柴田勝家《しばたかついえ》は上杉謙信《うえすぎけんしん》の後継者たる景勝《かげかつ》と戦っているし、山陽道で羽柴秀吉《はしばひでよし》は毛利《もうり》と対陣しているし、信長の三男信雄《のぶかつ》は堺《さかい》で、近く予想される四国征伐の軍を編制中であるし。――

しかし、いずれも、もう直接の危険はない敵ばかりだし、敗れるおそれのない相手ばかりだ。

少なくとも三か月くらいの休養はとれるだろう、と彼は考えていた。

そしてまた主君も同様のご心境だろう、と光秀は推量していた。彼が織田《おだ》家につかえてから、こんど安土に帰還して以来の信長ほど上機嫌《きげん》の信長を見たことがない。どんな難関におちいっても颯爽《さっそう》たる英気を失わないお人だが、ここのところ安土城で毎日見る顔は、未来のすべてを見通し、絶対の自信をもった全知全能の超人としかいいようのない光芒《こうぼう》を放っているように見える。

――まさに、天下人《てんかびと》だ。

と、光秀もうなずかないわけにはゆかなかった。

――わしも牢人時代、あちこちで群雄とよばれる人物をいろいろ見たが、あれほどのお人はいない。

この年、光秀は五十五歳、信長は四十九歳であったが、あらゆる物事を二重三重に考え、人物眼にかけてもある自負をもっている光秀が、信長に対しては全幅的な畏敬《いけい》を感じないわけにはゆかなかった。

――そのおかたが、わしをこれほど買ってくれていなさるのだ。

第一番に、という自信はない。柴田勝家・丹羽長秀《にわながひで》・滝川一益《たきがわかずます》・羽柴秀吉・前田利家《まえだとしいえ》、その他麾下《きか》の諸将連をことごとくあごで使っている信長だ。功あれば下郎をも天上にひきあげ、功なければ重臣をも下界にたたき落とす、その大原則は、恐ろしいほど明確で、だから家来のだれもが死に物狂いに働くのだが、いっぽうで、たとえ武勲があっても、ちょっとでも得意顔を見せると一撃を食う。また、さしたる武功がなくても、必死懸命のところがあれば存外寛容である。

そこらの信長の反応は端倪《たんげい》を許さず、いままで晴天であったかとみるとたちまち雷雨となる夏の空のようで、じつにこちらも対応に苦しむのだが、しかしなんにしても自分が結果的には信長の信任を失わなかったことはまちがいない。有能な諸将連のなかでも、上位に近い評価をうけていることに自信はある。

それは、こんど安土に来る徳川家康《とくがわいえやす》の接待役を自分が命じられたことでも明らかだ。

家康という存在が光秀には不可解であった。武田に対して織田より前面の三河《みかわ》（愛知県）を領土としているので、長い間、織田と連合して戦ってきた間柄だが、この年まだ四十一歳。ただその沈毅《ちんき》、光秀の眼にもなかなかの人物に見えるが、一面、地味でひどく冴《さ》えない武将だ。信長と正反対である。ところが信長が、この家康をいぶかしいほど大事にした。ほかの人間を人間扱いにしない信長が、どこを見込んだか、その年若のズングリムックリした田舎《いなか》大将にひどく気を使った。光秀にとって不可解なのは、家康個人よりも、信長の買いっぷりであったといったほうがいい。

それはともかく、その家康が、この五月十五日、はじめて三河から安土にやって来ることになっている。――そして、七日ばかり滞在ののち、京・大坂の見物にまわるという。

家康側からは、宿敵武田を滅亡させたことについての信長への礼の参向だが、じっさい家康も、生まれてはじめての心安らかな遊楽の旅であったろう。信長にしても、この同盟における家康の悪戦苦闘に対して、心からなるねぎらいの意を表するのに懸命であった。

——その饗応《きようおう》役を命じられたのが自分だ。

光秀は、心をつくして屋敷をきれいにした。いそぎの仕事ながら、あちこち改築さえした。家康一行の宿泊するのは、彼の屋敷であったからだ。京へ使いを走らせて、饗応の膳《ぜん》や皿《さら》・小鉢《こばち》をあつらえ、それどころか何人かの料理人を呼び寄せた。

四月から五月へ——安土の初夏はうららかであった。琵琶《びわ》湖を見おろす安土山の上に、舞扇をかさねたような七重の大天守閣に薫風《くんぷう》が吹いていた。それはまさに天下の覇城《はじよう》そのものであった。

信長、過去を忘れず

五月のはじめ、ふと光秀《みつひで》は、家臣でもあり娘婿でもある明智左馬助《あけちさまのすけ》から妙な報告をうけた。佐久間右衛門信盛《さくまうえもんのぶもり》が、城下のある辻《つじ》で乞食《こじき》をしているらしい、というのだ。

佐久間右衛門は、かつて大坂石山《いしやま》に拠《よ》る一向宗に対する攻撃の大将をつとめた人間であった。

仏教ぎらい、というより坊主ぎらいの信長《のぶなが》にとって、上杉謙信《うえすぎけんしん》より武田信玄《たけだしんげん》よりも難敵は顕如《けんにょ》に率いられる一向宗であった。信長はこれと戦うこと十年、ついに滅ぼすことができず、大坂石山の敵の本拠に対しても、最後の五年間は、ただ付城《つけじろ》――敵の城を攻めるための城――を築いて牽制《けんせい》しているよりほかはなかった。そして二年前の天正《てんしょう》八年（一五八〇）、朝廷の仲介で、やっと顕如をそこから退散させることができたのだ。

その付城の大将が、佐久間右衛門であった。そして、一向宗が退却すると、たちまち信長からこの信盛に責任追及の鉄槌《てっつい》がくだされたのだ。五年間、ただ手をこまぬいて無為に過ごした罪に対してである。

信盛はその子とともに高野山《こうや》に追放されたが、信長の怒りはなおとどまらず、高野山からも追い出した。それ以来佐久間父子は、家来たちからも見捨てられ、熊野《くまの》の果てまで逃げていったという。

光秀が織田《おだ》家に仕官した当時は、信盛は織田で十指のなかに入る重臣であり、地味な性格だが親切なところもあり、それに理財の才もあるので、それまで貧しい牢人《ろうにん》生活をしていた光秀は、いろいろ世話になったこともある。

その佐久間右衛門が、乞食になって安土《あづち》にいるという。——しかし、まさか、と思う。それに笠《かさ》で顔を隠しているし、身体つきがあまりに老衰していて別人のようでもあるし、だれも気づいたものはいないようだが、ちょっとご覧になっていただけませぬか?

左馬助にそういわれて、光秀はこれも編笠《あみがさ》をかぶってそこへ密行した。

むかし、恩義をうけたからばかりでなく、彼は右衛門にくだされた罰のはなはだしいのを気の毒に思っていた。奇怪にさえ思っていた。いくさにしくじった将官はほかにもうんとあるし、だいいち五年かかっても大坂の一向宗を滅ぼせないなら、他の部将に交替させればいいのである。それをいままで黙認していて、敵が片づいてから厳罰を加えるというのは、あまりに異常ではあるまいか。

それにしても、いったん追放された武将が、乞食になって、また安土に舞いもどって来ているというのはただごとではない。見つかれば無事にすまないことはむろんだ。

教えられた辻に、いかにも笠をかぶった老人が路傍にすわっているのが見えた。前に、はげた椀《わん》がひとつ置いてある。汚い笠を地面にくっつくほど伏せているので、顔は見えない。ただ痩《や》せた身体の線から老人であるとわかるのである。その笠も身体も、往来をゆきかう人や馬のあげる埃《ほこり》に真っ白であった。

近づいて光秀は呼びかけ、あげた笠の下の顔に、見まちがえたのではないか、と思った。佐久間右衛門は自分と同年配のはずなのに、七十前後の老人と見えたからだ。しかし、すぐに、それはやはり右衛門であると知った。

「お恥ずかしや、日向《ひゅうが》どの。……」

明らかに病んでいる声で、右衛門はいった。

「お見逃しくだされ。知人が懐かしうて……往来を通られる姿でも見とうて、帰って来もうした」

光秀は、佐久間右衛門のその後の哀れな流浪の生活――その子まで餓死に近い死を遂げたことなどを聞いたあと、とにかくかつては織田家のためにひとかたならぬ功労のあった人が、乞食にまでおちぶれるということがあっていいものではない、これから信長さまにおわびして帰参のことを願って進ぜよう、といった。

「やめてくだされ！」

右衛門はさけび出した。

「あれは恐ろしいおん大将でござる！」

光秀は、しばし沈黙していたのち、右衛門に追放の理由を訊《き》いた。大坂石山を攻囲してむなしく五年を費やした罪は知っているが、それのほかになにか罪状があったのか、と尋ねたのである。

「あのときわしは、信長さま御自筆の折檻状《せっかん》をいただいた。それがあまりに恐ろしくて、わたしどもも父子は、ひとことも弁明のことばさえ失って、足を空に逐電いたした。……」

一向宗の件について「未練疑いなし」と痛罵《つうば》されたことはむろんだが、それ以外に、織田家の軍歴中、諸戦場で彼の犯したしくじりのすべてが羅列《られつ》され、さらに日常生活の至らなさへの断罪にまで及んだ。「吝嗇《しわ》き貯《たくわ》えばかりを本《もと》とし」「欲深く気汚《むさ》く」「天下の面目を失い候儀、唐土・高麗《こうらい》・南蛮《なんばん》までもその隠れあるまじき」等の激烈な文言《もんごん》があった。

「わしはまことに至らぬ男でござった。さりながらあのお方は、家来の過去の寸分の過ちもお忘れなさらぬ。二十年、三十年むかしのこともすべてが点鬼簿《てんきぼ》にしるされ、一朝なにかの破綻《はたん》あれば、いっきょにそれを持ち出されるお方じゃ」

右衛門はふるえながらいい、そして、くぼんだ眼の奥からうつろな眼で、光秀をじっと見た。

「日向どの、いつかは、あなたにも思いあたられようぞ。……」

――光秀は、胸底に冷たい波の立つのをおぼえながら、一語も発しない明智左馬助とともにそこを去った。

信長、一寸の虫も許さず

三日後、光秀《みつひで》は、やはり家来の安田作兵衛《やすださくべえ》からまた、ただならぬことを耳にした。家老斎藤内蔵助《くらのすけ》の遠縁のもので、おゆんという女が辻君《つじぎみ》に立っている、というのだ。

「なに、おゆんが？」

光秀は息をのんだ。辻君とは、町に立つ売春婦のことだ。

「まさか？　そりゃ、まことか」

斎藤内蔵助はもと美濃《みの》（岐阜県）の稲葉《いなば》家の家来であったものが、のちに光秀につかえるにいたったのだが、そのとき一族のものも連れて来た。おゆんはそのひとりの娘で、去年まで安土城《あづち》に侍女《じじょ》として奉公していた。これがまれな美人で、才女で、家中でも熱いあこがれの眼で見る若侍《わかざむらい》が多く、かえってそのために、もう二十歳《はたち》になろうとしているのに、まだ未婚であった。しかし光秀も、遠からず、どこか然《しか》るべき男の妻にしようと心がけていた。

ところが、思いがけない異変がおこって、それどころではなくなった。――去年の三月のことだ。

天正《てんしょう》九年（一五八一）三月十日、信長《のぶなが》は小姓《こしょう》五、六人を連れて、竹生島《ちくぶ》へ参詣《さんけい》した。

安土から四〇キロ、羽柴筑前《はしばちくぜん》にあたえてある長浜《ながはま》まで馬でゆき、それから湖上二〇キロを舟で竹生島に渡る。片道六〇キロ、往復一二〇キロの行程である。

城につかえる侍女たちは、ふだん信長の許しなくして外出することは禁じられていた。しかし、どう考えても信長がその日に帰城するとは思われない。時は湖南、春たけなわの季節である。

「桑実寺にでもお詣《まい》りにゆきませんか」

ひとりの侍女が浮き浮きといい出し、みな賛成し、彼女たちはゾロゾロと城外の寺詣りに浮かれ出た。寺詣りとはいうものの、むろん彼女たちにとってのめずらしいレジャーの機会だ。

ところが信長は、その日のうちに帰って来た。それも、外に出た侍女たちがまだ帰らない時刻に、である。車もない時代としては、じつに超人的な機動力だ。侍女たちは仰天し、狼狽《ろうばい》した。

これに対する信長の処置が凄《すさ》まじかった。彼は侍女たちを片っぱしから縛りあげ、斬首《ざんしゅ》を命じたのである。急を聞いて、桑実寺の住職がころがり込んで来て、かわりにわびた。「罰するなら、わたしを罰してくれ」といった。すると信長は、そのことばどおりにこの老僧の首をはねた。——ただし、そのあと、残った侍女たちの処刑は許した。

許された女たちのなかに、おゆんがいた。しかも、最初に行楽のことをいい出したのは彼女だったのだ。

それっきり、おゆんの姿は安土城から見えなくなった。

「……おゆんはどこへいったのか」

そのとき、光秀は内蔵助に訊《き》いた。

「存ぜぬ。……どうやら、あれは少々気がふれたようで」

と、憂色をたたえて内蔵助は答えた。誠実な人間であったから、隠しているとはみえなかった。彼はほんとうにおゆんの行方を知らないらしかった。

そのおゆんが、安土の町に現われて、辻君をしているという。——

内蔵助にそのことを申したか、と訊くと、あのお方に告げるのはあまりに恐ろしくて、ともかくも殿に報告したのですが、いかがとりはからいましょう、と、
作兵衛はいった。

「よし、わしが見てやろう」

と、光秀はうなずいて、沈痛な顔を編笠《あみがさ》に隠して、作兵衛といっしょに出ていっ

た。

この安土の町は、城とともに信長がつくったものだ。彼は、この町に住むものに、税も公役も免じ、安土を通過する旅人のために旅籠《はたご》町をつくった。数年の間に、急速に町が繁栄したことはいうまでもない。

やや人通りのまばらになった夕《ゆうべ》のある辻に、その女は立っていた。黄昏《たそがれ》のなかにも、妖蝶《ようちよう》のような濃い化粧であった。それが、ゆきかう男の袖《そで》に白い指をからみつかせている。それも明らかに、正気を失った女の気味わるくゆるみきった顔であった。

光秀は、眼を疑い、しかしそれが、まぎれもなくあのおゆんであることを確かめ、暗然として近づいた。

媚笑《びしよう》とともに、なにやら声をかけようとした女は、編笠をあげた光秀を見て飛びずさり、立ちすくんだ。

「斬《き》るなら、お斬りなさい」

ひと息ののち、おゆんはいった。弛緩《しかん》した顔が、磨《と》いだようにひきしまっていた。

「わたしは自分で死ぬより、安土で殺されようと思って帰って来たのです。どんな小さな虫でも、お心に反した虫には罰をくださずにはいられない信長さまだということを、わたしという見本でみなの衆に知ってもらうために。——」

恐ろしい、嗄《か》れた声であった。

「日向守《ひゅうがのかみ》さま、あなたもこのことはよくご承知になってから、さあ、わたしをお斬りなさい！」

そして彼女は、ケラケラ笑いながら、身をすり寄せて来た。

——のちに本能《ほんのう》寺で森蘭丸《もりらんまる》を討った豪傑安田作兵衛も、顔蒼《あお》ざめた。一語も発せず、光秀は背を見せた。

信長、信じるものあるを許さず

また三日後、光秀《みつひで》は、娘のお珠《たま》から切支丹《キリシタン》の神学校《セミナリオ》を見物にゆかないかと誘われた。

お珠は十八だが、やはり織田《おだ》の家臣である丹後《たんご》（京都府）の細川家《ほそかわ》へ、もうお嫁にいっていた。こんど父の光秀が甲州（山梨県）から凱旋《がいせん》して来たので、祝いかたがた安土《あづち》に来ていたのだ。

お珠はのちにガラシャとよばれるようになるが、このころはまだ切支丹ではなかった。しかし、やはりそれにひとかたならぬ関心をもっていた。光秀はさほど興味はなかったが、久しぶりに会った娘の請いにまかせて、いっしょに出かけることにした。家康《いえやす》を迎える準備はすべて完了していたし、また安土の神学校は、信長《のぶなが》がひどく切支丹をひいきしている現われで、彼もけっして無視できない存在だったからだ。

ふたりは、青葉にむせ返るような道をのぼっていった。坂になっているが、そこが近道だということを、お珠はもう知っていた。

その途中で彼らは、ひとりの男が、天秤棒《てんびん》で水桶《おけ》をになってヨロヨロとのぼってゆくのを追いこした。髪は蓬々《ほうほう》とし、下帯に破れ襦袢《じゅばん》という裸《はだか》に近いひどい姿であった。

しかし光秀の眼がふととまったのは、それよりもその男が、裸足《はだし》ではなく、足駄《あしだ》をはいていたからだ。その風態で足駄をはいているのも奇妙だが、なによりこの坂道の労働に下駄《げた》はかえって不便だろう。しかも、なおよく見ると、その足駄は細い鎖で足の甲に縛りつけられているではないか。数歩通りこしてふり返り、光秀はその男が盲目であることを知った。のみならず、その顔に、どこか記憶があった。

「おぬしは……もしやすると、むかし、法華宗《ほっけしゅう》の——」

「あの、どなたさまでござりましょう？」

「わたしは、明智日向《あけちひゅうが》じゃが……」

「ああ、明智さま!」

盲目の男は叫んだ。

「お恥ずかしや、仰せのとおり、もと法華の坊主で、日珖《にっこう》と申しまする」

「その日珖が、こんなところで、なにをしておる?」

「切支丹の学校の下男――いえ、ご覧のように、水汲《く》みをしておりまする、一日に百荷の水を運ぶのが、わたしのつとめでござります」

「いつから、そんなことを?」

「もう五年になりますか」

「五年、毎日、法華の僧が、切支丹のために、一日、百荷の水を――なぜ?」

「信長さまのご命令でござります。従わねば、わたしめのいのちはおろか、御領内の法華は皆殺しにするとの御諚《ごじょう》でござりました」

光秀は、啞然《あぜん》とした。そんな事実があろうとは、いままで知らなかった。

彼は思い出した。

ちょうど十三年まえの永禄《えいろく》十二年（一五六九）のことになる。信長は京都で伴天連《バテレン》ルイス＝フロイスと、切支丹排撃の大立者、朝山日乗《あさやまにちじょう》という法華の僧に神学的論争をやらせた。光秀もその座にあって、論争につまった日乗が伴天連にとびかかろうとして、信長がこれを叱咤《しった》するのを見た。

日乗のつきそいとしてそばにいた日珖という僧をはっきり記憶していたわけではなかったが、数年たって、こんどはこの安土で、法華宗と浄土《じょうど》宗の宗論が信長の前で行なわれた。そのときも偶然、光秀は同座していたが、その問答の是非はまったくわからなかった。ともあれ、このときの法華側の僧のなかに、この日珖が再登場したので、こんどは、その顔をおぼえたのである。

このときも、いかなる根拠でか、法華側が敗北したと信長が判定し、なお屈せず抵抗する法華宗の何人かを斬首《ざんしゅ》し、何人かを投獄した。天正《てんしょう》五年（一五七七）のいわゆる「安土宗論」事件とはこれである。

その日珖という僧は牢《ろう》に入れられたが、あとで釈放されたものとばかり思っていた。それが、なんと、いまにいたるまで、こんな劫罰《ごうばつ》を下されていようとは。

——

あのときはむろん両眼はあいていたが、いま見る盲目はその後のこの惨苦のためであろうか。

「この足駄をはいて水を運ぶのがわたしの罰の上の罰で」

と、日珖は吐息のようにいった。

「信長さまの御下知をよいことに、伴天連がつけ加えた知恵でございます」

「しかし、それにしても盲目のうえに、足駄をはいて水を運ばせるとは——」

「いえ、これが、伴天連から見れば、異教徒中の異教徒——法華の坊主への最大の罰なので」

彼は足をあげて前にさし出した。からくも離れた踵《かかと》の下に——足駄の表面に、「南《な》無《む》妙《みょう》法《ほう》蓮《れん》華《げ》経《きょう》」という文字が焼きつけられているのを見て、光秀はぎょっとした。日珖はこの題目を踏みつけて歩かされていたのだ。

「しかし明智さま。……明智さまはあの二度の宗論の座におわしたからよくご存じでございましょうが、あの宗論、法華宗は負けたおぼえはございませぬ。それを理も非もなく負けとなされたのは信長さまのお指図。……信長さまは、信長さま以外に信じるもののある地上の人間を、いっさいお許しになりませぬ。他宗折伏《しゃくぶく》をいのちとする法華は、そのためにいちばん憎まれたのでござります。いまは浮かれている切支丹とて、明日は晴か雨かは知れぬこと――」

日珖は、陰気な、うす気味わるい笑みを浮かべた。

「お珠、きょうは神学校にまいるのはよそう」

と、光秀は不意にいった。彼はこの坊主にも神学校にも、吐き気のようなものをおぼえだしていた。

「ああ、これはあらぬことを申しました。それというのも、この五年、人にものをしゃべるのはこれがはじめてだからでござります。それで、ついうかうかと……どうぞお許しなされ、明智さま」

盲目の荷役人は地べたにすわった。せっかくそこまで運んだ桶のひとつがたおれて、水が流れ出した。

おびえて立ちすくんでいるお珠の手をひいて、逃げるように坂道をひき返す光秀の耳に、いま聞いた日珖の声がいつまでもからみついていた。

――信長さまは、信長さま以外に信じるもののある地上の人間を、いっさいお許しになりませぬ……。

安土雨天墨のごとし

五月十四日の昼であった。

明日はいよいよ家康《いえやす》が安土《あづち》に到着するというので、信長《のぶなが》が明智《あけち》屋敷に視察に来た。その用意はいいかと検分に来たのだが、いかに信長が家康の接待に熱心であったかがわかる。

ところが、門を入っただけで、信長は眉間《みけん》に針をたてて立ちどまり、

「くさい！」

と、鼻に手をあてた。

五月十四日というと、いまの暦で六月十四日にあたる。前日まで初夏そのもののような爽《さわ》やかな風の吹く日が多かったのに、この日、不意に暑くなった。真夏のような太陽が照りつけた。

ちょうど明智邸では、信長の検分をうけるために、買い入れたおびただしい生魚その他ご馳走《ちそう》の材料を料理の間に盛大に並べていたのだが、その一部が異様なにおいをたてはじめていたのだ。それが信長の鋭い嗅覚《きゅうかく》を刺激したのである。

それでも信長は、いちおう料理を点検したが、不快の表情はさらに険《けわ》しくなり、

「かようなもの、徳川《とくがわ》どのに供せられるものかわ、明智、接待役はとり消しじゃ！」

と、叱《しか》りつけて、そのまま屋敷を出ていった。

数刻ののち、家康の宿泊と饗応《きょうおう》は堀久太郎秀政《ほりきゅうたろうひでまさ》に変更されたことが伝えられた。

光秀《みつひで》は茫然《ぼうぜん》として立ちすくんでいたが、さすがにこれを聞いて顔色も変わり、

「この用意したもの、すぐにぜんぶ濠《ほり》に投げ捨てい！」

と、家来たちに叫んだ。

まえまえから心をこめて支度していただけに、この思いがけぬ不運に、老実《ろうじつ》な彼もわれ知らず逆上したのである。

すると、その夕方、信長がさらに激怒していると伝えられた。濠に投げ込んだものが、さらに腐って、南風がそのにおいを安土城の奥まで吹き送ったというのであった。

――しまった！

光秀は、背が粟立《あわ》つような気がした。

――これは、このまま無事にはすまぬ。……

十五日、これは運命の日であった。東から家康一行が到着したのは予定どおりだが、同じ日に、西の備中《びっちゅう》(岡山県)から急使が到来したのだ。ひと月まえから毛《もう》利《り》の前哨《ぜんしょう》高松城を攻囲していた羽柴筑前《はしばちくぜん》から、毛利の大軍の来援を伝え、至急、信長自身の出馬を請うてきたものであった。

すぐに信長は麾下《きか》の諸将に出動を命じ、みずからも月の末には安土を発し、京都を経て西へ向かうことを布告した。諸将は十七日にみな安土を去り、それぞれの領国の城で兵を組んで備中へ進撃するように、ということであった。

この時点で、まだ光秀は、明確にクーデターの意志も計画ももっていなかった。むしろこの突発的な出動騒ぎで、家康接待の失敗を追及されることをいちおうまぬかれた、と、ほっとしたくらいであった。

しかし、そのあとの自分の運命は？

——ちょうど十五日後に、彼は謀叛《むほん》する。それまで、彼は第一の居城近江《おうみ》（滋賀県）坂本《さかもと》に帰り、さらに第二の居城丹波亀山《たんばかめやま》（京都府亀岡市）にゆき、兵を編制した。そして五月二十九日、わずかの侍臣を従えて京の本能寺《ほんのう》に入った信長を、六月二日未明襲撃した。

その間、彼がなお迷っていたことを告げるいくつかの挿話がある。

また彼が叛旗《はんき》をひるがえすにいたった原因についてもいろいろな説がたてられたが、最大なものは、信長がほとんど守護らしい守護兵もなく本能寺にいる、という事実を千載一遇の好機とみた「出来心」であろう。

むろん、矢の弦《つる》を切ったあと、彼は新しい天下人なることについて、さまざまな抱負を述べている。

しかし、その「出来心」をしぼり出した最大のものは、信長に対する恐怖であった。

光秀は安土にいる彼の最後の平安なる二十余日の間に、恐ろしいものを見た。そして、現実に見たものより彼を恐怖させたのは信長であった。

家来のいかなる過去の失敗をも許さぬ信長。それがどんな小さな対象であっても見逃さぬ信長。ひとたびおのれの権威を逆なでするものがあれば、理非を問わずたたきつける信長。――いずれも思いあたる。

――しょせん、あらゆる家来がたすからぬ。

――いつの日か、自分も同じ運命に追い込まれる。

彼は、安土の平安なる日々ののちに、この妄想《もうそう》の風に襲われた。

天正《てんしょう》十年（一五八二）五月十七日、安土に、ついに梅雨《つゆ》の走りの雨が来た。その雨にぬれつつ坂本へ去る馬上の光秀の顔には、なお決せず、なお迷いつつ、しかもすでにもののけのような予感にとり憑《つ》かれた男の凄惨《せいさん》な翳《かげ》があった。

伏見城

安西篤子

あんざい・あつこ

1927年〜。64年、「張少子の話」で直木賞受賞。ほかに「黒鳥」「家康の母」「龍を見た女」など。

〝敵どののご入来〟

伏見《ふしみ》城攻撃がはじまったのは、慶長《けいちょう》五年（一六〇〇）七月十九日、きびしい残暑のうちに、長い一日もようやく暮れようとする時分だった。

本丸大台所の板敷に、具足のままむずとすわって、いましも夕餉《ゆうげ》の箸《はし》をとろうとしていた内藤弥次《やじ》右衛門家長《いえなが》は、豆のはじけるような銃声に、きっと聞き耳をたてた。

「きゃつら、いよいよ度胸《どきょう》をきめて、しかけてまいったようですな」

そのとき、鳥居彦右衛門元忠《もとただ》はすでに食事をすませ、風通しのいい縁先へ出て扇をつかっていたが、からりと扇を投げ捨てると、

「うむ、おもしろい。こうこなくては、な」

笑いながら、杖《つえ》をついて立ち上がった。

元忠は足がわるい。天正《てんしょう》三年（一五七五）七月、武田氏の部将今福丹波守《いまふくたんばのかみ》のこもる諏訪原《すわはら》城を攻めたとき、左の股《また》に銃弾をうけ、その傷がもとで、足が曲がらなくなった。三十七歳のときのことである。

爾来《じらい》二十数年、主君家康からとくに許された杖を片手に、常人とかわらず戦場を馳《は》せめぐってきた。

いまも、跛者《はしゃ》とは思えぬすばやい足どりで、広縁を奥へと進み、

「九郎右、九郎右」

大声によばわった。

「具足をもて。敵どののご入来じゃ」「はい、はい、ただいま」

いそぎ主人の具足を手に駆け寄ってきたのは、影の形に添うように、元忠のそばを去らずつかえてきた加藤九郎右衛門である。

ふたりの小姓《こしょう》に手伝わせて、元忠は具足を肩へかけた。手早く籠手《こて》・脛当《すねあて》をつける。

鳥居元忠このとき六十二歳。天文《てんぶん》二十年（一五五二）、十三歳のとき、まだ駿府《すんぷ》（静

岡県）の今川義元《よしもと》のもとで人質として日を送っていた、十一歳の竹千代《たけちよ》、のちの家康につかえた。永禄《えいろく》元年（一五五八）二十歳で初陣以来、家康に従って戦場を往来すること数知れず。日焼けした顔には皺《しわ》がたたまれて渋紙のごとく、全身はきたえ抜かれて鋼《はがね》のように強靭《きょうじん》である。

小姓のさし出す采配《さいはい》を手にとると、物見櫓《やぐら》へとのぼっていく。

にやにや笑いながらその後ろ姿を見送った内藤家長は、かくべついそぐふうもなく、悠々《ゆうゆう》と湯漬《ゆづけ》を食いはじめた。

そこへ、大きな跫音《あしおと》を板敷にひびかせながら、いそぎ足に入ってきたものがある。下総《しもうさ》国（千葉県）香取《かとり》に小見川《おみがわ》城一万石を賜わる松平主殿助家忠《とのものすけいえただ》だった。

「敵が寄せてまいったようですな」

黒糸縅《おどし》の鎧《よろい》に身をかため、背後には兜《かぶと》や槍《やり》を持たせた従者を従えている。

「そろそろ、戦らしくなってきたようじゃ」

ばりばりと漬物《つけもの》を噛《か》みながら、家長は答える。

家忠は、どっかりとそこへ尻《しり》を据《す》え、

「鳥居どのは、何方《どちら》へ」

と聞いた。

「鉄砲の音を聞くなり、もうじっとしておられぬふうでな、物見にいかれたわ。年寄りは、せっかちで困る」

飯粒を憤《ふ》きとばしながら、家長はあおのいて哄笑《こうしょう》した。

「おぬし、飯はすんだか。まだならば、いまのうちに腹ごしらえをしたがよい」

「ははあ」

家忠は、ちょっととまどった顔つきになった。

じつは、いよいよ戦端がひらかれたと知って、主将鳥居元忠の指令をあおごうと、わざわざ二の丸から駆けつけてきたのである。

しかし、かんじんの元忠の姿は見えず、そのうえ家長から、

「腹がすいておっては、戦はでき申さぬよ」

からかい顔にすすめられると、すぐ腹を決めた。

「では、湯漬ひとつ頂戴《ちょうだい》しましょう」

命じられて、従者が、飯を盛ってくる。

四万の攻め手に守勢二千

家長《いえなが》は二膳《ぜん》目を食いながら、

「二の丸のもようは、いかがでござる」

「されば、肥後《ひご》どのが腕を撫《ぶ》しておられます。鉄砲打ちにかけては、余人にひけはとらぬ、とか」

肥後どのとは、佐野肥後守綱正《つなまさ》。

綱正はじつは、はじめからの籠城《ろうじょう》組ではない。当時、彼は大坂城西の丸にいて、家康の愛妾《あいしょう》阿《あ》茶局《ちゃのつぼね》、お亀の方《かた》、同じくお万の方といった人びとを守護していた。

ところが、七月十一日、石田三成《みつなり》が兵を挙げると同時に、家康の側室たちの身があぶなくなった。そこで綱正は彼女たちを連れて大坂城を立ちのき、ひとまず近江八幡《おうみはちまん》へ赴いた。彼女たちの身の安全を見とどけたうえで、与力《よりき》十騎、同心《どうしん》五十人を率いて、伏見《ふしみ》城の加勢に駆けつけた。一昨日のことだった。

綱正のこのときの処置は家康の気に入らず、子孫がそのとがめをうけるのだが、それはのちの話である。

家忠《いえただ》のことばにあったとおり、佐野綱正は鉄砲の名人として知られていた。元《もと》忠《ただ》ら城のものは、綱正の来援を喜び、松平家忠とともに、本丸の西方二の丸の守備を任せた。

家忠が食事を終えたころ、鳥居元忠が物見櫓《やぐら》からおりてきた。

「形勢は、いかがかな」

家長・家忠から問われて、元忠は首をふり、

「いやはや、音はすれども、敵影は、さっぱり見えぬ」

「してみると、屁《へ》のような奴《やつ》らでござるな」

すかさず、家長がまぜっ返したので、座にあるもの一同、思わず吹き出した。

「それそれ、いかにもそのとおり」

わが意を得たりとばかり、元忠は莞爾《かんじ》した。

彼らも、おもしろずくでふざけているわけではない。

いま、ひしひしと伏見城を囲む人数は、四万といわれる。いっぽう、守る城兵は、すべてあわせて二千に満たない。数のうえでは、まるで比較にならない。

そこで、おおいに味方の士気を鼓舞《こぶ》し、気力を充実させねばならない。

百戦錬磨《れんま》の家長たちには、それがよくわかっているから、わざと底抜けに陽気にふるまうのである。

「ところで、松の丸のかためは、どうなりましたかな」

家忠が問うた。

本丸の北をおさえる松の丸には、上野国《こうずけ》（群馬県）群馬郡三蔵《さんのくら》で五千五百石を頂戴《ちょうだい》する松平五左衛門近正《ちかまさ》が入って守っていた。ところが、四日まえの十五日、近江（滋賀県）の代官岩間兵庫《ひょうご》光春《みつはる》と深尾清十郎元一《もとかず》が、甲賀者数十人を引き連れて、援軍にやってきた。

城兵の数の少ないところから、みなみな心強く思って、さっそく守備の人数に加えたが、近正ひとりは、どことなく喜ばないふうをみせた。

「どうしたのだ」

一見、だれよりも豪放に見えながら、じつはこまかいところによく気のつく内藤家長が、近正のそぶりを見とがめ、あとでひそかに尋ねた。

「岩間・深尾衆が気に染まぬようすだが」

「いや、両人とも、わしはよく知り申さぬ。気に入るも入らぬもない。ただ……」

日ごろ、竹を割ったようにさっぱりした気性の、もの言いもハキハキしている近正が、珍しく言いよどんだ。

「言うてみよ」

「甲賀衆は、気心がよく知れ申さぬ。それといまひとつ、あの深尾とか申す若僧、なにやら凶相じゃ。これが気がかりでな」

近正のこの予言は不幸にして的中するのだが、これものちに譲る。

深尾らの来城にいい顔をみせなかった近正だったが、松の丸が本丸を守る要点であるわりに、近正の手勢が少人数であるというので、皮肉なことに、深尾らは近正とともに松の丸の守備につくよう命ぜられた。むろん作戦上の問題なので、近正もぐずぐず言うようなことはなかったが、両者がしっくりいかないのではないかと、家忠は案じていたのだ。

「む、む」

家忠もやはり、そこに気づいていたか、と家長はうなずくと同時に、大きく手をふった。

「がっしりとかためておる。心配ない、心配ない」

「おのおの方」

不自由な足を庇《かば》いながら、その場へあぐらをかいた元忠が、そのときよびかけた。

「きゃつらも臆病面《おくびようづら》を穴からつれ出す覚悟を決めたとみえる。ここでわれら顔をそろえ、今後の陣立てにつき、談合いたしてはどうかな」

「よろしかろう」

主将元忠に対して副将格の家長が、すぐ賛意をあらわし、

「だれかある。いそぎ松の丸へ走り、五左どのをお迎えしてまいれ」

使い番に命じた。

見抜いていた三成の挙兵

これよりほぼ一か月まえの六月十六日、徳川家康は大軍を率いて大坂城を進発、会津《あいづ》（福島県）の上杉討伐に向かった。その途次、十七日、伏見《ふしみ》城に一泊した。

その夜、家康は鳥居元忠《もとただ》を召し出した。ふたりっきりで密談することやや久しく、つづいて松平主殿助家忠《とのものすけいえただ》・内藤弥次右衛門家長《いえなが》・松平五左衛門近正《ちかまさ》の三人が、その席へよばれた。

「おまえたちに、この伏見の城をあずける」

家康は言った。

「しっかりと、守るがよい」

慶長《けいちょう》三年（一五九八）八月、秀吉が没し、翌春、遺児秀頼《ひでより》が大坂城へ移って以後、伏見は主なき城になってしまった。慶長五年当時は、若狭《わかさ》（福井県）小浜《おばま》六万二千石の城主木下勝俊《かつとし》が、秀頼に命じられて、城の留守居をつとめていた。

その勝俊をさしおいて、家康は元忠らに、「城をあずける」と言ったのである。

むろん、それには含みがあった。

家康が会津へと出馬すれば、かならずやその隙《すき》をねらって、秀頼を奉じた石田三成《みつなり》が兵を挙げるにちがいない。そのとき、真っ先に目星をつけられるのは、伏見城であろう。

「ここで敵を食いとめ、われらの西上を待て」

これが家康の指示である。

えらばれた四人は、いずれも三河《みかわ》（愛知県）出身で、古くから家康につかえ、もっとも信頼されている男たちだった。松平家忠が四十六歳で、比較的、若いほかは、鳥居元忠の六十二歳を筆頭に、内藤家長五十五歳、松平近正五十四歳と、そろって老巧の士である。

むろん四人は、このたびの役目を身の面目とばかり、勇み立った。

家康は近習《きんじゆう》に酒を命じ、主従五人、水いらずの酒宴になった。

元忠は、真っ先に酔った。かつては聞こえた酒豪だったが、さすがに年齢はあらそえない。酔えばかならず、駿府《すんぷ》の竹千代《たけちよ》人質時代の苦労話が出る。家康は、「またか」という顔つきで、苦笑している。

「その方たち四人の手兵では、人数少なく苦労であろう」

家康がねぎらうと、他のものがまだ口をひらかぬうちに、元忠はからからと笑い、

「なんの、十分過ぎるほどでござる。殿こそ、御大切の戦に出《い》で給う折から、御人数は多いほどよろしかろう。いっそ、弥次右も主殿も召し連れなされ。はばかりながら、それがしと五左のふたりにて事足り申そうぞ」

酔いに任せて、大口たたいた。他の三人は、いささか持て余し気味である。途中、家康は小用に立った。彼ももはや六十歳近い。長時間の酒の相手は疲れる。

酒宴の座へ、すぐにはもどらず、数人の近習や小姓《こしょう》を従えたばかりで、城内をそぞろ歩きした。

天下人のはかない栄華

秀吉が自分の隠居城として築いた伏見《ふしみ》城は、その結構といい、内部の装飾といい、壮麗眼を奪うばかりである。

はじめ秀吉は、伏見に屋敷をつくらせた。文禄《ぶんろく》元年（一五九二）八月のことである。一月後にこの屋敷は完成している。

ところが文禄三年にいたって、秀吉はここに築城を決意、佐久間政家《まさいえ》・滝川忠征《たきがわただゆき》ら六人を造営奉行《ぶぎょう》に任じた。

この城の位置は、伏見山の西南、指月《しげつ》の丘とみられ、俗に指月の城と称されている。

文禄三年八月には、秀吉は指月城に移り、なおも拡張工事をつづけていた。そして慶長《けいちょう》元年（一五九六）、明《みん》の使者謁見の準備をすすめていた矢先、閏《うるう》七月十三日の大地震で、指月城は大破した。よく知られている「地震加藤」の挿話《そうわ》は、このときのものとされる。

——御城・御門殿以下大破、或《あるい》は顛倒《てんとう》、大天守ことごとく崩れて倒れ了《おわん》ぬ。男女御番衆数多《あまた》死す。

と『義演准后日記《ぎえんじゅごうにっき》』にあるとおり、大きな被害をこうむった。

しかし、負けん気の秀吉はこれに屈せず、さっそくその翌日には、新城建設に着手している。このたびは位置を変え、伏見山を利用することにした。

新伏見城の本丸は、いまの桃山陵《ももやま》の地である、とされる。この本丸を中心に、北に松の丸、さらにその外郭に弾正《だんじよう》丸・大蔵《おおくら》丸・徳善《とくぜん》丸を築く。弾正丸は浅野弾正少弼長政《しようひつながまさ》、大蔵丸は長束《なつか》大蔵大輔《たいふ》正家《まさいえ》、徳善丸は前田玄以《げんい》徳善院に守らせたところから、それぞれこうよばれるようになった。

本丸の東には名護屋《なごや》丸・山里丸があり、南には増田長盛《ましたながもり》の入った増田丸（または四丸《よんまる》）がある。

さらに西方は、内から二の丸・三の丸、そして石田治部少輔三成《じぶしようゆうみつなり》の守った治部少丸をもって囲む。

本丸・二の丸・三の丸・松の丸、各殿舎の飾りつけの豪奢《ごうしや》・華麗は、いうまでもない。桃山美術の粋をつくして、壁・襖《ふすま》・天井その他を飾り立てた。

そしてここに、愛児秀頼《ひでより》をはじめ、愛妾淀殿《あいしようよどの》・加賀局《かがのつぼね》らを置いた。側室京極《きようごく》竜子は、伏見城松の丸に住んだので、松の丸殿とよばれ、信長の五女は同じく三の丸に置かれたので、三の丸殿とよばれている。

いまひとり、ふしぎな運命にもてあそばれたお種《たね》の方も、伏見城で秀吉に侍していた。

あるとき秀吉は、伊達政宗《だてまさむね》と碁を打ったことがあった。そのとき、座興として、かたわらにいたお種の方を、賭物《かけもの》とした。ずいぶん無茶《むちゃ》な話だが、政宗は二目の差で秀吉に勝ち、お種の方を得た。

お種は伏見の地侍《じざむらい》高田次郎右衛門の娘だったといわれるが、故郷を遠く離れて仙台へと伴われ、香《こう》の前《まえ》とよばれた。そしてのちに政宗のために男児宗根《むねもと》を挙げている。宗根は亘理《わたり》家を継いだ。豊家の滅亡をお種は陸奥《むつ》にあって、どんな思いで聞いたろうか。

多くの美女たちに囲まれて、秀吉は伏見城において、満ち足りた日々を送ったにちがいない。さらに風雅を愛した秀吉は、眼下に宇治《うじ》川を見おろす眺望《ちょうぼう》絶佳の地に、茶亭学問所を建てた。富貴の館《やかた》をしばし離れて、茶の湯に心を遊ばせ、俗《ぞく》塵《じん》を洗うためである。

これほど至れり尽くせりに造営された伏見城ではあるが、秀吉がここに住んだ歳月は、ながくなかった。慶長三年八月には、幼い愛児秀頼に心を残しながら、城内で病死している。

ついきのうのことのように思われる、秀吉在世中のさまざまな光景を思いおこしながら、家康は殿舎内を逍遥《しょうよう》した。感無量のものがある。

人間の栄華の、なんとはかないことか。火のように赫々《かっかく》たる威勢を誇った秀吉は、もうこの世にいない。それればかりか、豊臣家の存続さえあぶなくなっている。ほかでもない、家康の手で、これを打ち倒そうとしているのである。

ちょうど、家康は、千畳敷とよばれる大広間に足を踏み入れたところだった。彩色の格天井《ごう》、金碧《きんぺき》極彩色の襖絵《ふすまえ》、欄間《らんま》のこまかい彫刻、眼もまばゆいばかり光り輝く一室に立って、家康は突然、笑いだした。つき従っていたものは、あっけにとられた。なんのゆえともわからなかったのである。

上体をそらし、腹をゆすって、家康はさも愉快げに、いつまでも哄笑《こうしょう》をつづけた。いま、ようやく掌中にころがり込んできた覇権《はけん》を、この座敷に立ってつくづくと実感したものであろう。

忠臣元忠らの勇み足

石田三成《みつなり》の挙兵から日をおかず、長束正家《なつかまさいえ》・増田長盛《ましたながもり》らの使者が、伏見城《ふしみ》へ現われた。いうまでもなく、開城勧告である。元忠《もとただ》らはこれを、一言のもとにはねつけた。

そこで西軍は、伏見城を緒戦の血祭りにあげようと、大軍をくり出してきた。

まず、東南には主将宇喜多中納言秀家《うきたちゅうなごんひでいえ》が布陣し、名護屋《なごや》丸にぴたりと照準を合わせる。

東北方、松の丸に対しては、小早川《こばやかわ》中納言秀秋《ひであき》が陣をしく。

西南の方、大手の攻撃をうけもつのは、毛利甲斐守秀元《もうりかいのかみひでもと》・島津兵庫頭義弘《ひょうごのかみよしひろ》・宗対馬守義智《そうつしまのかみよしとも》らの精鋭である。

また、西には鍋島信濃守勝茂《なべしましなののかみかつしげ》・立花左近将監宗茂《たちばなさこんしょうげんむねしげ》ら西国大名が、そろって陣を構える。

総勢およそ十万と称し、ひと揉《も》みに揉みつぶそうという勢いである。

このとき、城中にいた木下勝俊《かつとし》は、ひそかに身の処し方に苦慮した。木下家はもとは杉原と称し、秀吉の正室お寧《ね》の生家にあたり、豊臣家とは切っても切れぬ縁がある。いま、家康側に与《くみ》し、西軍に弓を引くのは、いかにも心苦しい。勝俊は、武人とはいえ、和歌の道にすぐれ、歌集も出しているほどで、どこかに優柔の心をもっていたのであろう。ついに一夜、城を抜け出て、京都にいた高台院《こうだいいん》お寧のもとに奔《はし》った。

元忠らの開城勧告拒否により、十九日、戦端はひらかれたものの、攻撃側の士気は、いまひとつあがらなかった。

西軍に属するとはいえ、みながみな、心をひとつに合わせているわけではない。このたびの挙兵の首謀者石田三成に対し、個人的に反感をいだいているものが、少なくなかった。

たとえば、小早川秀秋のごときは、高台院の甥《おい》にあたり、亡き秀吉からも人一倍、眼をかけられて、これまでになった身でありながら、早くから家康に心を寄せていた。伏見城攻めにあたっても、ひそかに元忠に、味方をしようと申し入れている。しかし、元忠は秀秋の内心をはかりかね、これをことわった。

数日は、銃撃戦に明け暮れた。

当時の銃は、いまと違い、命中率も低ければ、破壊力もたかが知れていた。遠くからの撃ち合いでは、ほとんど効力はない。

むしろ恐ろしいのは、火矢だった。これを撃ち込まれて火を出すことが、ままある。しかしこの火矢も、よほど城の近くから放つのでなければ、思うように当たるものではない。

遠巻きの敵に対して、城方はしっかりと守りをかためるいっぽう、浜島無手右衛門に命じ、小山にいる家康へ急を知らせた。

家康はじかに浜島を引見《いんけん》して、伏見城のもようを尋ねた。浜島は、元忠・家長《いえなが》はじめ、一同意気軒昂《けんこう》たるようすを言上し、

「ことに松の丸は、要点でございますので、堀の橋を引きまして、立てこもって

おります」

とつけ加えた。

とたんに家康は、渋い顔をした。

「だれの策か知らぬが、たわけたことよ。橋のないところには新しく橋を架けてでも、縦横にはたらけるようにしておかねばならぬところ。そのぶんでは、城もながくはもたぬな」

戦じょうずの家康からみれば、元忠らは少人数とはいえ、城は天下に誇る要害であり、守りようによっては、一か月や二か月は、もちこたえられるはず、と計算していた。

しかも、攻撃側のうち、先の小早川秀秋にしても、また島津義弘《よしひろ》にしても、裏ではしきりに徳川方によしみを通じようとしているのである。彼らをうまくあしらえば、いくらでも決戦の日を延ばすことができよう。

一般には、家康が伏見城を囮《おとり》として敵中に放棄し、元忠らはよくその意を体して、はじめから一命を捨ててかかっていた、とされている。

けれども、家康のこの批判の一語から推すと、また別の見方もできそうだ。名城とうたわれた伏見城を、みすみす貴重な生贄《いけにえ》としなければならないほど、家康が手詰まりだったとは思えない。

この場合、むしろ、家康の信任に感激した元忠らの勇み足だった、とは考えられないだろうか。

的中した甲賀衆の寝返り

小当たりに当たりながら、しばらくようすをうかがっていた西軍は、一策を案じた。

西軍の将のひとり、長束正家《なつかまさいえ》は、近江国《おうみ》（滋賀県）甲賀《こうが》郡水口《みなくち》の城主だった。そこで、甲賀の里を襲い、伏見《ふしみ》城にこもる甲賀侍の妻子をことごとく捕えてしまった。代官の岩間《いわま》らがいないので、抵抗するものもなかった。

さらに正家は、鵜飼藤助《うがいとうすけ》に命じ、松の丸を守る甲賀衆のなかへ、矢文を射させた。

城中の山口宗助・堀《ほり》十内らがひらいてみれば、

——汝《なんじ》らの妻子は残らず、捕えた。汝ら、内応すればよし。さもなくば、城の前へ汝らの妻子を曳《ひ》き出し、生きながら磔《はりつけ》にしようぞ。

とある。

おどろいた山口・堀らは、額をあつめて相談した。

眼の前で妻や子どもたちが、無残に殺されるさまを見るのは、いかにもつらい。そのうえ、代官のひとり深尾清十郎は、きびしいばかりで部下をいつくしむことを知らず、日ごろから彼らに恨《にく》まれていた。

——やむをえまい。

衆議は〝内応〟と一決した。

七月二十九日にいたって、西軍は猛攻撃を開始した。城方も迎え撃つこと六度、しかしそのたびに撃退した。

大手口からは勇猛をもって鳴る島津軍を先鋒《せんぽう》に、西軍がどっと押し入ろうとする。わずか数十名の手兵を率いた元忠《もとただ》は、橋をこわして、ようやく敵の侵入をくいとめた。

終日の戦いに疲れ果てた城兵が、日没とともに、わずかに休息をとっているときだった。

「わあっ」

にわかにあがる喚声《かんせい》。ぱちぱち、とものの焼ける音。

「松の丸じゃ」

「松の丸から、火が出た」

城兵の狼狽《ろうばい》は、ひとかたではなかった。

これこそ、機をうかがっていた甲賀衆が、同日夜半を期して火を放ったものである。同時に彼らは、城壁数十間（九〇メートル前後）をつき崩して逃げた。

出火と同時に、近くに身をひそめていた敵兵は、いちどにたって攻め入ろうとした。城兵は火を消すひまもなく、敵を迎え撃たねばならなかった。松の丸を守っていた松平近正《ちかまさ》は、歯嚙《が》みしてくやしがった。ひそかに疑ってい た甲賀衆が寝返ったのである。黒煙を噴《ふ》きあげて炎上する松の丸にあって、近正は一歩も退かなかった。近侍に命じて玉ごめさせた鉄砲をとり替え、押し寄せる敵兵めがけて、撃ちまくった。火はたちまち松の丸に回った。かつて一世の美女京極竜子《きょうごくたつこ》の住んだ御殿をはじめ、雕梁画棟《ちょうりょうがとう》ことごとくが、つぎつぎに焼かれていく。

梁《はり》は落ち、柱は崩れて、熱気のため城内にいたたまれなくなると、近正は槍《やり》をつかんでとび出した。そばを去らぬ家臣岩津但馬《たじま》・大平主馬らが、これにつづく。もはや小早川《こばやかわ》軍は、眼の前まで迫ってきていた。近正は敵と槍を合わせ、あっという間に七、八人をつき伏せた。しかし、敵は際限もなく、新手をくり出してくる。ついに近正はその場で、日夏角之助・田島甚右衛門のために討たれた。

奮戦むなしく灰燼

松平家忠《いえただ》の奮戦は、目ざましかった。年齢も若い。働きざかりである。

二の丸をあずけられた家忠は、同じく二の丸に入った佐野綱正《つなまさ》とともに力戦した。黒糸縅《おどし》の鎧《よろい》に桃なりの兜《かぶと》をいただき、家に伝わる三原の大刀をふるって戦う家忠の姿を見ると、敵はあわてて避けるほどだった。

綱正はかねて広言しただけあって、みずから大砲をうけもち、さんざんに寄手を悩ました。ところが、二十九日の総攻撃の折、誤って玉薬を二重にこめ、砲身が破裂して命を落としてしまった。

その後、家忠は松の丸から出火して、敵が攻め入ったとみるや、二の丸を棄てて本丸の元忠《もとただ》軍に合流した。

松の丸を焼いた火は、風にあおられて名護屋《なごや》丸に飛び火し、終夜、燃えつづけて、これを焼きつくす。

翌朝、八時ごろ、このたびは本丸から火を発した。およそ二時間後には、これが天守へと燃え移る。

地獄の業火《ごうか》を思わせる火を背に、家忠は元忠と力を合わせ、大手の門を守った。槍《やり》先にかかるもの数知れず。みな恐れおののくなかに、島津の家中で知られた別所下野守《しもつけのかみ》が、名のりをあげてつきかかってきた。

家忠は二、三合あわせてこれを退けたが、左の腋《わき》にかなりの傷をうけた。家士がすすめてひとまず城中へ退き、手当てをする。

さすがの家忠も、すでに口もきけないくらい疲れている。なおも槍をとって駆け出ようとしたが、「これでは、むざと敵に討たれるばかり」と思い直し、家士らが敵をふせぐ間に、屠腹《とふく》して死んだ。

勇将のもとに弱卒なしとか。家忠の手のもの八十数人も、ことごとくその場で討死を遂げたと伝えられる。

内藤家長《いえなが》は、次男小一郎元長《もとなが》とともに籠城《ろうじょう》していた。小一郎、時に十六歳。若年ながら、父に劣らぬみごとな働きぶりだった。

松の丸・名護屋丸、さらに三の丸・二の丸が落ち、治部少丸《じぶしょうまる》を守る駒井直方《こまいなおかた》は逃亡したと知ると、豪毅《ごうき》の家長も、覚悟を決めないわけにはいかなかった。すでに満身に傷を負っている。

「小一郎、父が腹切る間、敵を寄せずにおけるか」

小一郎は、にっこり笑って答えた。

「お心安く、おぼし召せ」

「よし」

家長は背後の鐘楼《しょうろう》にのぼると、家臣に命じて藁束《わらたば》を積ませた。敵に首を奪われぬよう、切腹と同時に火をかけさせるためである。

父に命じられたとおり、小一郎はわずかに残った手兵を引き連れ、けんめいにふせぎ戦った。必死の内藤勢に、敵は幾度か、押し返されたほどである。

しかし、ほどなく小一郎も、重傷を負った。

「敵に首を授けてなるものか」

槍を杖《つえ》に、小一郎は死に場所を求めて、鐘楼の下まで来た。が、すでにそこは猛火につつまれている。最後の気力をふりしぼって、腹を切ると、小一郎は、父を焼く火のなかへ、もろともにとび込んでいった。

このころ、小早川《こばやかわ》軍は堀を越え、城壁に迫って、しきりに火矢を撃ち込んだ。その一本が本丸月見櫓《やぐら》に命中し、たちまち火を噴《ふ》く。

「あれ、見よ。火が出たわ」

鳥居元忠《もとただ》の大音声に、「あっ」と一声、忠実な加藤九郎右衛門は、とるものもとりあえず駆けつけて、火を消そうとした。

しかし、櫓の上に姿を現わした九郎右衛門をめがけて、鉄砲・火矢が集中した。九郎右衛門は虚空《こくう》をつかんで乾堀《いぬいぼり》へころげ落ちていった。

悲報つぎつぎにいたるのを、元忠は耳にしながら、勇猛心はすこしも衰えなかった。ただ残念なのは、いましばらく城をささえられなかった、そのことばかりである。

——さぞ、言うかいなき奴《やつ》、と思し召そう。

たしかに、甲賀衆《こうがしゅう》の返り忠がなければ、こうやすやすと攻め落とされるはずはなかった。家康の西上まで、りっぱに守りとおすこともできたかもしれない。

そう思うと、死んでも死にきれない。

城内各所から集まってきた生き残りの将兵二百余名を見回しながら、元忠は最後の一戦をこころみようと決意した。

侍臣のうちには、諫《いさ》めるものもあった。

「すでに御天守に火が回りました。とてもささえきれますまい。どうぞご生害を」

しかし元忠は、眼を怒らして叱《しか》りつけた。

「愚か者め。斃《たお》れてのち已《や》む、ということを、知らぬか」

大手の門を押しひらかせると、二百名を率いて果敢に討って出た。

死にもの狂いのその勢いに、敵はどっと退く。

三度にわたって、敵を撃退した。が、自身もさんざんに傷を負った。味方の数も、たちまち十数騎となる。

精根つき果てた元忠が、刀を杖に、石段に腰をおろしているとき、眼の前にひらりと躍り出た敵がいた。

——雑賀孫市重次《さいがまごいちしげつぐ》。

大音に名のって、槍をくり出す。

「わしは鳥居彦右衛門元忠。みごと首打って、手柄にせよ」

元忠の名のりに、相手はおどろいた。

「御大将の御首級頂戴《みしるしちょうだい》するは、おそれあり。ご生害あそばされよ」

雑賀孫市の情けあることばに、元忠もついに覚悟を決め、広縁にあがって、しずかに腹切った。

八月一日午後三時という。

深尾清十郎は捕えられて汚名を流した。

また、家康から御朱印をもらって茶園をいとなむ上林竹庵《かんばやしちくあん》が、茶袋の指物《さしもの》を負い、赤手拭《てぬぐい》で鉢巻して奮戦、討死を遂げて、人びとの称揚を得た。

桃山時代を代表する名建築伏見《ふしみ》城は、こうして惜しくも灰燼に帰した。

備中松山城

早乙女貢

さおとめ・みつぐ

1926年〜2008年。68年、「倭人の檻」で直木賞受賞。ほかに「おけい」「北條早雲」「會津士魂」など。

悲壮な歴史をもつ山城

備中松山《びっちゅうまつやま》城ほど、乱世において重要な山城としての位置を占め、その悲壮な歴史をもちながら、今日の歴史ブームにあって、忘れられたような存在になっているところは、ほかにはあるまい。

その理由のひとつは、たいていの都市と城址《じょうし》とが、また地名とが、一体になっていて記憶しやすいところが多いのにくらべ、この城と城下を包含する市の名称が違うゆえであろう。『武鑑《ぶかん》』などには備中松山とあり、松山城と称するが、市は岡山県高梁《たかはし》市である。

「高梁」と書いて、たかはし、と読める人は、県外の人では少ない。橋梁《きょうりょう》の梁《はし》である。中国山脈から流れて備中を灌漑《かんがい》し、瀬戸内海へ注ぐ大河、高梁川の名をとったように思われているが、どちらが先であろうか。もともと、たかはしと称されていたのだ。
『松山歴代《れきだい》御城主記』によると、
松山城
「御当城主皇六拾一代朱雀院天慶《すざくいんてんぎよう》二年三月藤原純友《ふじわらのすみとも》謀反《むほん》の時橘経氏《たちばなつねうじ》軍功有り帝其《その》功を賞して備中河内《かわち》両国を賜ふ此《この》経氏よりは河内を領し元弘《げんこう》の乱に武威を顕《あらわ》せし河内判官正成《ほうがんまさしげ》には拾六代の祖也経氏の嫡家は河内を領し庶流は備中を知行して此城を築き仮名を高橋と称したる今以《もつて》松山を指して高橋と称したる云々《うんぬん》」
とある。
城の築かれた山のかたちから、臥牛《がぎゆう》山と称されているが、これは大松山と小松山に峰つづきで分かれていて、高梁川が備中平野に出ようとして大きく湾曲する、その少し前の左岸に突兀《とつこつ》として、盛り上がった山だ。中国山脈を貫通したこの川は、砂鉄を運ぶことでも知られているが、備中(岡山県)の新見《にいみ》から、備中・備後《びんご》(広島県)へ出ようとするには、高梁川を下るか、沿岸づたいの道を利用する。

この真上にある松山城は、いうなれば、関門をなすわけだ。乱世の武将としては、当然築城したくなる絶好の条件をそなえている。

現在の高梁市は、南方山麓《さんろく》に、三日月形にひろがっている。内曲に相当するところを高梁川が流れ、外曲に山が重畳として天然の防壁をなしている。

臥牛山の山頂から見れば、南西は一望のもとであり、外敵の侵攻を発見するのに容易である。それだけではない。この山の形状そのものが、独特であった。まるで、乱世の山城のためにつくられた人工のものではないかと思われるほどの、天然の要害なのだ。

まず、標高五〇〇メートルに近い高さであり、その山容《さんよう》は、さながら、鉈《なた》を刃を上にして置いたようである。おそらく、当初は刃のようにするどい尾根であったものを、すこしずつ削《けず》ったものに相違ない。現在も天守閣は尾根のもっとも高みの、せいぜい幅員《ふくいん》一〇〇メートルばかりのところにある。

ここに築城することを最初に考えだしたのはだれか、文献にみるかぎりでは、秋庭三郎重信《あきばさぶろうしげのぶ》ということになっている。

備前《びぜん》（岡山県）から備中にかけての、吉備《きび》文化のおおいに栄えたころにも、あるいは山陰から南進を防いでの城のようなものがあったのではあるまいか。もっとも、鎌倉時代にしてもそれは木柵《もくさく》や望楼や、雨風を避けるための小屋くらいのもので、あるいは楯《たて》を並べたり、竹束を用いたりした程度と思われる。

ともかく、今日、いうところの城らしきものが築かれたと文献にみえるのが、前述の時代である。

寿永《じゆえい》二年（一一八三）、木曾義仲《きそよしなか》を追討のため、平家の公達《きんだち》六人とともに侍大将五人が派遣されたが、そのひとりが高橋判官長常《ながつね》だった。

「元弘《げんこう》の合戦に鎌倉方の大将たりし高橋九郎左衛門《くろうざえもんのじよう》尉舎弟大五郎両六波羅《ろくはら》の下知《げち》に従ひ軍功を顕《あらわ》す力量人に勝《すぐ》れ早業《はやわざ》の勇士近国に隠れ那《な》し大松山に高橋九郎左衛門尉小松山に弟大五郎とて当国の守護《しゆご》たり云々」

と、前記『御城主記』にある。

この松山という山の名前も、松が多いところからくる俗称にすぎなかったのであろう。大小の松山の違いは、遠くから見ると、牛が寝ているような形だったわけだが、武将の高橋氏の築いた城であるため、高橋城とよばれるところを、松山城というようになったのは、なぜだかわからない。

昔は城下の名を高橋といえるが、元弘、正慶《しょうきょう》の頃《ころ》、高橋又四郎《またしろう》居城の時より高橋を改めて松山といえるよし、山の名をとりて土地の名としたる也。（『備中誌』）

したがって、明治になり松山城が廃され、松山城下が町から市に発展するに及び高梁市の名は〝備中松山〟を忘れさせていったが、考えてみれば、むかしにかえったわけだ。もっとも高橋にかえらず、高梁となった。明治初年の地図を見ると高梁町のころは往時の名残をとどめて、周辺は松山村だった。

創始者とみられる秋庭三郎重信は相模《さがみ》（神奈川県）の豪族である三浦《みうら》氏の一族だという。その後裔《こうえい》である備中守信盛《のぶもり》が、松山城の主となったのは、高越後守師秀《こうえちごのかみもろひで》の執事《しつじ》に重用されたことにはじまる。師秀は高師直《こうのもろなお》の甥《おい》っ子だが、性格的には、叔《お》父《じ》に似ていたようだ。備中守護職《しき》として赴任してきたのだが、猜疑《さいぎ》心が強く、信盛を排そうとして、逆に追い出されることになった。

そのときから松山城主となり、以後、重継《しげつぐ》・重明《しげあき》・頼重《よりしげ》・頼次《よりつぐ》・元明《もとあき》・元重《もとしげ》と相次いで、山名《やまな》氏に属して、城主として君臨した。その後、十六世紀に入ってから、上野氏がこれにかわった。上野民部大輔信孝《みんぶたいぶのぶたか》である。

信孝の父刑部少輔氏之《ぎようぶしようゆううじゆき》は三河国《みかわ》（愛知県）小谷《おだに》城にあり、信孝は下道郡喜山村にいたが、足利将軍義稙《あしかがよしたね》の命令で、この城へ移ってきた。

義稙が細川政元《ほそかわまさもと》と戦って敗れ、周防《すおう》（山口県）に走ったとき、これの供をして大内義興《おおうちよしおき》を頼った。義稙は和議成ってのちに帰洛《きらく》するが、松山城は信孝から、その子兵部少輔《ひようぶ》備前守頼久《よりひさ》が継いだ。

この上野氏が、松山城を領していたのは三代にすぎない。信孝の孫の代（天文《てんぶん》二年〔一五三三〕）に猿掛城主庄為資《しようためすけ》によって滅ぼされることになる。

現在、市内に庭のみごとさで知られる頼久寺《らいきゆう》という寺があるが、この寺は頼久の建立になるものである。

頼久寺は由来、臨済《りんざい》宗寂室派近江国《おうみ》（滋賀県）愛知《えち》郡高野村永源《えいげん》寺の末で、本尊は行基《ぎようき》作正観音《かんのん》で、暦応《りやくおう》二年（一三三九）足利尊氏《たかうじ》の創立にかかるものだ。尊氏は当時、諸国に安国寺《あんこく》を置いたが、そのひとつであり、開基は円応《えんおう》禅師といい、その影像と僧西念《さいねん》の寄進した石燈籠《いしどうろう》が伝わっている。永正《えいしょう》二年（一五〇五）に頼久がこれを再建して、おのれの名を付し頼久寺と改称した。天柱山安国頼久禅寺。門に掲げた額字の天柱山は黄檗《おうばく》高泉の書くところのものであり、庭は小堀遠州《こぼりえんしゅう》の作と伝えられる。むろん、小堀遠州がこれを作庭したのはのちのことだ。

毛利の東漸、尼子の南下

上野《うえの》頼久《よりひさ》の子伊豆守《いずのかみ》と舎弟右衛門尉《うえもんのじょう》が大松山《まつやま》・小松山の城を守っていた期間は、はっきりしないが、あまり長いものではない。当初は大内《おおうち》氏に属していたが、のち毛利《もうり》氏に乗りかえた。

備中《びっちゅう》国の守護《しゅご》は細川《ほそかわ》氏であり、安房守《あわのかみ》政春《まさはる》が永正《えいしょう》十五年に死去すると、その子春国《はるくに》が守護職《しき》を継いだ。当時、山陰の尼子《あまこ》氏が、しだいに勢力を伸ばしつつあり、その南下の道筋である高梁川《たかはし》と大小松山城は、しだいに戦乱の渦中《かちゅう》に巻き込まれていく。尼子氏の南下政策に加えて、毛利氏の東漸、その板ばさみにあって、備中国の守護細川春国は苦悶《くもん》するようになる。

上野一族が毛利に属したのは、誘いの手もあったろうが、孤城を守るための必死の方策でもあったろう。

尼子晴久《はるひさ》は南下を志すに東寺領代官たる新見荘《にいみのしょう》の新見国経《くにつね》・経久《つねひさ》を先鋒《せんぽう》として、美作《みまさか》(岡山県)を犯し備後《びんご》に攻め込もうとしていた。これは大小松山城が高梁川を扼《やく》しているからにほかならない。が、備後を攻めるにしては大回りにすぎる。大小松山城を抜くに如《し》かず。

毛利氏にとっても、松山城が安泰であることが、尼子をくいとめることになる。その意をうけて、上野兄弟は防備を厳にしたが、尼子は備中猿掛城主庄《しょう》(荘)為資《ためすけ》を動かして、松山城を攻めさせたのである。

この庄氏は、あまり著名ではないが、備中では豪族であり、数代まえまでは備中守護代として、小田郡《おだ》一円に勢威をふるっていた。矢掛町《やかけ》の横谷の洞松寺《とうしょう》を創建したし、備中吉備津宮《きびつ》の再建（応永《おうえい》三十二年〈一四二五〉）には、社務代として庄（荘）甲斐入道永充《かい》も力を致している。

明応元年《めいおう》（一四九二）にはその後裔伊豆守元資《こうえい》《もとすけ》が、守護たる細川勝久《かつひさ》の軍と戦い、一時は勝利をおさめたほどだ。ただ勇猛というだけではなく、翌年、反撃されて敗走したとき、和睦《わぼく》して本領を安堵《あんど》した。こうした駆け引きにも長じていたのであろう。

為資はその元資の孫であり、やはり豪勇の聞こえが高かった。彼は尼子氏に促《うなが》されて松山城を攻めるにさいし、植木秀長《うえきひでなが》のたすけを得ている。

遠交近攻策で、尼子と毛利はたがいに腹中姦策《かんさく》をめぐらしてはいたが、表面は友好状態を保っていた。松山城の上野氏が滅ぼされたと知るや、毛利氏は、尼子と断って大内義隆《よしたか》に属し背後をかためたうえで、備後に攻め込んで（翌三年）、宮元《みや》盛を攻め降《くだ》し、さらに高野城を攻め落としている（翌四年）。

上野氏も、簡単に庄軍に敗れたのではない。攻防は熾烈《しれつ》をきわめた。難攻不落の要害たる松山城である。

当時の城の規模の詳細はわからないが、後年のものとくらべてみても、大差はなかったのではないかと思われる。

ひと口に大小松山というが、臥牛山《がぎゅう》は厳密には、大松山・小松山・前山の三つの峰に、のちに天神の丸とよばれた峰があって、およそ一〇〇ヘクタールとみてよい。同周囲は五千数百メートルだ。

東北方、つまり、城の後背部にあたる部分が、中国の背骨たる山脈の連山につながっているだけで、俯瞰《ふかん》してみると、三角状に、南方に向かって尖《とが》っている。この先端が城下に接触する部分で、江戸時代に御根小屋がつくられた。つまり平時における領主の生活する御殿である。

乱世にも、この御根小屋の原型はあったにちがいない。乱世とはいっても、戦争状態にでもなければ、このせまい山上で多勢が生活できるものではない。もともと山城とは、戦のときだけこもるためのものだ。

前述したように、いわゆる砦《とりで》の構えであったろう松山城は、五〇〇メートルに近い、そそり立った山岳城の長所を利用しての、岩石落としや、さまざまの戦法で寄手を悩ませたにちがいない。

が、庄の軍勢と植木の軍勢でもって攻めたてられて、大松山の伊豆守は植木の一族若林《わかばやし》次郎右衛門《じろうえもん》に討ちとられて、ついに落城したのである。

これにより、松山城は、庄為資の領するところとなった。備中半国一万貫の地をおさめて備中守を称するようになる。

植木秀長をはじめ津々加賀守《かがのかみ》・福井《ふくい》孫六右衛門《まごろくえもん》などが、これをささえ、縁辺につらなる工藤《くどう》氏なども、庄の力となった。

為資もその子高資《たかすけ》も、しかし猿掛城を本拠としていて、松山城には守将をおいていた。彼らが松山城に住んだ記録はない。

矢掛に近い猿掛城も山城だが、やはり住み馴れた土地と城のほうが安心できたのだろう。松山城の守将は何人かかわったが永禄《えいろく》のはじめには吉田左京亮義辰《よしださきょうのすけよしたつ》が守将になっていた。

永禄二年（一五五九）三月、毛利氏は、備中へ手をのばしてきた。毛利隆元《たかもと》・三村《みむら》家親《いえちか》（鶴首城主）・香川左衛門尉光景《かがわさえもんのじょうみつかげ》の三将が松山城を攻めた。この三年まえには、尼子晴久は足利義藤《あしかがよしふじ》（義輝）によって、因幡《いなば》・伯耆《ほうき》（鳥取県）・備前《びぜん》・備中・美作・備後（広島県）の守護職としての地位をつかんでいる。その勢力をもってしても、救うことができなかったのは、なぜであろうか。猿掛城の高資らの動きもわからない。牽制《けんせい》されていたのか。左京亮は防戦よくつとめたあげく、糧食尽きて城も落ちた。

三村氏らの猛攻もまた、凄《すさ》まじかったのであろう。城を落ちた左京亮は、河辺川のほとりまで逃れたが、すでに傷ついた身を嘆じて自殺した。守将として、主君にあずかった城を失った責任を感じたのであろう。

だが、この時代の戦は、ことに山城の場合は、それを抜く、つまり陥落させたからといって、自分のほうに直接役に立たなければ、そこを本拠にしたり、住んだりしない。山城の存在はそういうものだ。

この松山城は、尼子氏にとっては南下のさいに味方であることを必要とするが、毛利氏にとっては、北上（山陰攻め）にたいして意味がないのか。あるいは、毛利はそのとき、山陰に攻め込む気持ちがなかったのか。松山城を落としたものの、そのあとに家親は入らなかった。毛利隆元も引き揚げた。

毛利氏としては当面、備中平定の証《あかし》が必要だったのだろうか。

その翌三年、尼子修理大夫《しゆりのたいぶ》晴久が卒し、子の義久《よしひさ》が継いだが、十三代将軍足利義輝は、備中・備後両国の守護に毛利隆元を任命している。これが永禄五年のことで、安芸《あき》（広島県）・周防《すおう》・長門《ながと》（ともに山口県）にあわせて、五か国の守護大名《だいみよう》となった隆元は、その翌六年八月、四十一歳の若さで父元就《もとなり》よりはやく死んだ。念願を果たした安心感からかもしれない。

庄高資は、松山城を落とされたが、のちふたたびこれを復して拠《よ》ったという。このへんのところは『陰徳《いんとく》太平記』『中国太平記』『備中兵乱記』『備中誌』など、諸書まちまちで矛盾が多い。

高資はその後、子の兵部少輔勝資《ひようぶしようゆうかつすけ》、同右京亮《うきようのすけ》らを動員して、軍勢三千余騎で巻き返し、毛利方の与力《よりき》大名らを攻めたてたのが、ほぼ十年くらいあとらしい。

雌伏《しふく》十年にして、軍備をなしたのであろう。鴨山城の細川下野守《しもつけのかみ》通薫および酒津《さかつ》城の高橋玄蕃《げんば》らを下し、総勢五千余騎なり、この機に乗じて多気庄《たけのしょう》(竹荘)方面に進撃する勢いになった。

これを聞いて、三村家親は敵しがたいと思い、ただちに安芸に急報。毛利方は大軍を派遣してきた。軍勢三万余騎という。六倍の大軍である。家親がこれを先導して、不意に松山城を攻めた。

高資は、まさか、これほどの大軍が、動員できるとは思っていなかった。永禄十二年は毛利氏は腹背に敵をうけている。九州に軍を進め大友《おおとも》氏と戦っているうちに、大内氏の軍勢が襲い、また尼子氏も、山陰の毛利の属城を抜くなど、挟撃《きょうげき》している。庄氏の反撃もその一環であったろう。とすれば、庄軍の動きに対して、毛利方が、転進できるはずがないとみていた。

その読みが浅かったわけだ。三村家親の急報をうけて仰天した毛利輝元は、弟治部少輔元清《もときよ》を大将として右の大軍を急行させたのである。

すっかり安心しきっていた庄高資は、松山城内に、近習《きんじゅう》・小姓《こしょう》のもの五、六十人のみで留守をしていたという。いくら天然の要害でも、この小勢に三万余の大軍では、どうにもならない。女たちや、小者ら数十人も、繊手《せんしゅ》に、刀・薙刀《なぎなた》をつかんで戦ったが、衆寡敵《しゅうかてき》せず、高資はじめことごとく討死して落城。

この知らせは多気庄にただちに聞こえた。三万の大軍と戦って、数千の軍勢も浮き足立ち、逃亡するもの相次いだ。こうなっては、かの勝資も、いかんともするすべがない。彼もまた、逃げる味方のあとから、馬に鞭《むち》打つ出雲《いずも》（島根県）の尼子氏を頼って落ちていった。

備中松山城主として庄氏は三代にして滅んだわけだ。勝資はのちに備中へ帰り、児島常山《こじまじょうざん》合戦のとき、毛利家に加わって寄せ手のなかに討死したが、庄氏の子孫はその後名をおこすことはなく、江戸時代までつづいていたらしい。これから三村氏の時代になる。

備中松山城が、まがりなりにも近世の城構えとして恥ずかしからぬ様相を呈したのは、三村家親・元親《もとちか》の手で改築されてからではなかろうか。

前記『御城主記』によれば、松山城の地勢規模はこうなっている。

「松山町より子丑《ねうし》に当り山城有り麓《ふもと》より峰まで拾三丁程。但《ただ》シ二重櫓《やぐら》外、一の橋より十迄《まで》上太鼓《かみだいこ》の丸櫓壱ヶ所下太鼓の丸同所南山裾三の丸家中屋敷。城山之名、老牛伏草山。大手向より御城迄拾八丁」

だが、備中守家親が、松山城主として在世したのは短かった。

三村氏の遠祖はよくわからない。新羅三郎義光《しんらさぶろうよしみつ》の流れをくむと伝えられる。五世長経《ながつね》のとき、常陸《ひたち》（茨城県）の三村郷を領して三村姓を名のり、その子親時《ちかとき》が、信州（長野県）狭江《さばえ》に移った。その曾孫《そうそん》家親は星田《ほしだ》から成羽に移っている。三村の名が歴史の表面に浮かび上がってくるのは、この時代である。わずかに「東《とう》寺文書」「天竜《てんりゅう》寺重書目録」などに、うかがうに足るくらいだ。

家親は成羽に居館をつくり、備中に志を述べる本拠とした。したがって松山城に移ってからも伜《せがれ》元親を片腕にしたが、成羽の鶴首城には弟の親成《ちかなり》父子を置いて守らせていた。

家親は毛利氏にとって備中筋の尖兵《せんぺい》であった。備中はすでに毛利輝元の支配下にある。つぎは備前・美作である。備前岡山の宇喜多直家《うきたなおいえ》は備中進出をもくろんでいる。当然、激突しかない。永禄六年、備中守家親は備前に兵を進めた。その勢いは強く岡山城を攻めた。翌年その翌年と、家親は備前に進攻している。岡山・舟山《ふなやま》を抜き、後藤《ごとう》氏を美作三星《みつぼし》城に攻めた。

さらに毛利元就のために大江《おおえ》を攻めたが、家親みずから二千余騎を率いて先陣にあった。城主吉田肥前守源四郎《よしだひぜんのかみげんしろう》は正門をあけて斬《き》って出、凄《すさ》まじい血戦となり、〝家親首を得ること百三十〟という勝利をおさめたが、肥前守はとり逃がしている。

同九年、家親は、また美作・備前攻略をはかり、進撃して宇喜多の城五か所を攻略した。さらに進んで穂村の興禅《こうぜん》寺に本陣を置き、付近に軍勢を陣どらせたが、二月五日、宇喜多の間者《かんじゃ》（まわしもの）遠藤又次郎《えんどうまたじろう》と舎弟寿三郎《じゆさぶろう》の兄弟は、寺のようすをよく知っていたので、一尺二寸（約三六センチ）の懐中鉄砲にふたつ玉を込めて忍び入り、仏間でうたた寝していた家親を射殺したという。

この時代、一尺二寸の懐中鉄砲なるものがあったとも思えないが、家親が遠藤兄弟に暗殺されたのは事実だ。

家臣三村孫兵衛《まごべえ》は、ひそかに家親の遺骸《いがい》を渋紙に包み、喪を秘めて、翌日城を攻めとるや、夜行して松山に帰った。これが九日で、頼久寺《らいきゅう》に葬った。謚《おくりな》して「天忠源性大居士《てんちゅうげんせいだいこじ》」という。

二男修理進元親があとを継ぎ、松山城主となったが、毛利元就は家親の横死を咎《とが》めて、本領のみを継がせて加増地をとり上げている。

元就の中央進出への野心

三村家親《みむらいえちか》のころまでは、松山《まつやま》城はあくまでも中国地方の一山城にすぎなかった。それなりの攻防はあっても、また毛利《もうり》と尼子《あまこ》の間で攻防熾烈《しれつ》なものがあっても、しょせん、地方的なものといえた。

だが、時代は地方と中央との結びつきを深めていっている。ここに、家親と、その子元親《もとちか》の運命の違いがあった。

元親と毛利氏の連携が破綻《はたん》したのは、毛利元就《もとなり》の野心のゆえだ。元就の念願は中央進出で、足利義昭《あしかがよしあき》をたすけて織田信長《おだのぶなが》を討ち滅ぼす。そのためには、東進のじゃまになる岡山の宇喜多直家《うきたなおいえ》をどうにかしなければならない。

三村父子や、そのほかの大小名《だいしょうみょう》をそそのかして宇喜多を滅ぼそうとしていたが、容易に抹殺《まっさつ》できないと知ると、手をかえて、和睦《わぼく》に踏みきった。同盟することで、信長に拮抗《きっこう》する力をもとうとしたのだ。

「なんということを、それでは父が浮かばれぬ」

家親を殺させたのは直家である。倶《とも》に天を戴《いただ》かぬ仇敵《きゅうてき》なのだ。

元親は悩んだ。その悩みは炯眼《けいがん》の信長にわかった。炯眼というよりは、透破《すっぱ》のさぐりの結果がその秘策をもたらしたのであろう。

信長は元親に密使を送り、毛利に叛《はん》することを示唆《しさ》した。その条件に備前《びぜん》・備《びっ》中《ちゅう》の二国をもってしたのである。

元親は信長に通じた。

これを知った毛利輝元《てるもと》は、十一月九日、小早川隆景《こばやかわたかかげ》に八万の大軍を授けて備中松山城に向かわせた。

三村元親は、一族類縁を糾合《きゅうごう》し、これにそなえた。だが、もっとも近い三村孫《まご》兵衛親成《べえちかなり》と孫太郎親宣《まごたろうちかのぶ》の父子は、その不可を諫《いさ》めたが、元親は聞き入れなかった。彼は臥牛《がぎゅう》山の本城のほかに、周辺の山々に砦《とりで》を構え、道をつくり、連携をはかって一大城砦《じょうさい》とした。

——石ヲ摺低塡芝ヲ上塀墜挙矢倉、狭間《はざま》砦ヲ張、動木ヲ結、尺ヲ築キ、モガリヲ搦《からめ》、乱杭《らんぐい》ヲ捆、柵《さく》ヲ掛、長木ヲ伏立、帆筵《ほむしろ》ヲ引、惣《すべ》テ二十一丸ヲ犬ノクグルベキ様モナク、天ハ鳥モ翅《はね》ヲカイツグリガタキ躰《てい》ニ、拵《こしらえ》スマシ城ヲ飾《かざる》——

小早川隆景らは笠岡《かさおか》に逗留《とうりゅう》すること一か月、軍議を凝《こ》らして、まず周辺の端城を攻め落とし、本城に迫った。元親はこれに抵抗して戦ったが、ついには兵糧《ひょうろう》がなくなり、そのうえ裏切り者が出て、ついに籠城《ろうじょう》半年、五月二十二日に落城した。元親は落ちたが、民家に潜伏しているのを捕われ、彼が切腹したのは松蓮寺《しょうれんじ》である。『備中兵乱記』には、しかし、こう記されている。

「元親六月朔日《さくじつ》夜半計《ばかり》に、頼久寺《らいきゅう》に入、亡夫塔頭《たっちゅう》にて腹切らんとせしかとも、又思ひかへし元親か最期の程も知らずと世人のいはくも口惜かるべしとて松蓮寺の後へ忍ひ行」

『陰徳記《いんとくき》』には、また別の書き方がしてある。

松蓮寺《しょうれん》は真言宗《しんごん》仁和寺《にんな》派で、弘法大師《こうぼうだいし》の開基にかかる。宇喜多秀家《ひでいえ》が中興で、本尊は大日如来《だいにちにょらい》、および十一面観音で弘法大師という。現在のさながら城とも見える構えは、もとより元親のころのものではない。

小堀遠州による改築

備中松山城《びっちゅうまつやま》は以来、毛利《もうり》氏の支配下に入った。毛利の宿敵であった尼子勝久《あまこかつひさ》の敗死は天正《てんしょう》六年（一五七八）であり、その臣山中鹿之介《やまなかしかのすけ》は降伏して松山城に護送されてくるとき、城下に近い阿井《あい》の渡しで騙《だま》し討ちにあった。高梁川《たかはし》が成羽川をあわせるあたりである。

その後二十数年は、松山城は要衝たる意味を失い、城主もなく廃城同然になっていた。松山城がふたたび、その存在を認められるのは、豊臣・徳川の天下争いが最後のツメを迫られてからである。

当時、この地の代官は小堀新助正次《こぼりしんすけまさつぐ》である。慶長《けいちょう》五年（一六〇〇）まで毛利領となっていたので、関ヶ原の罪科として大幅に所領を削られたなかに、ここもふくまれていたのだ。かつて中国七か国に勢威を振るった毛利氏は、防長二国に縮められて、小さくなっている。

正次は家康の命令で代官となってきたのであった。だが荒廃した松山城も御根小屋も住めないので、正次は頼久寺《らいきゅう》を代官所として住んだ。在松山四年たらずで正次が死に、伜《せがれ》の作助政一《まさかず》が代官職を継ぐ。これがのちの小堀遠州《えんしゅう》である。

松山城下である高梁市は現在でも、山紫水明《さんしすいめい》、人情は濃《こま》やかで、人柄も総じて穏和《おんわ》であり、都塵《とじん》から離れて、静かに想を練るにふさわしいところだ。幕末には山田方谷《やまだほうこく》など著名な学者も出ている。小堀遠州政一が、いわゆる〝遠州派〟なる作庭をあみだしたのも、この風光明媚《めいび》にして閑寂の地に負うところが多かったろう。頼久寺の庭は、いまでも枯山水《かれさんすい》と大海の波をあらわすさつきの群生など、みごとなものだ。

大坂夏の陣は、後世からみると局部的動乱で終わっているが、一歩まちがうと、全国的に、ふたたび合戦がくりひろげられるおそれがあった。松山城の整備が急務だったのである。

小堀遠州は命をうけるや、ただちに作図に没頭した。彼の手になる松山城の図面がある。荒々しい武将でも実際的な戦略家でもなかったが、乱世末期に生をうけたものとしての城郭への関心と、興味は深かったろう。縄張をいそぎ、改築は年内に終わった。

小堀新助

同　作助政一　後遠江守《とおとうみのかみ》

大松山之城年々破損して其《その》地広大故只今《ただいま》之城小松山《こまつ》を遠江守継承して御取立云々《うんぬん》。

とある。いわゆる大坂冬の陣の最中であった。

だが、すでに松山城が戦雲に包まれる時代は去っていた。本町新町を元和《げんな》二年（一六一六）に、下町鍛冶《かじ》町を元和四年につくった。〝町〟を必要としていたのである。すでに乱世は終わった。もはや一発の銃弾、一滴の血によって汚されることなく、大坂両度の陣は終わり、天下が、名実ともに徳川氏のものになっている。

それでも小堀遠州が高梁にいたのは、さらに五年。町をととのえて、彼は去ることになる。

徳川幕府でも諸大名《だいみょう》の配置を考えてのことであろう。小堀父子は、しょせん代官にすぎない。大名ではなかった。備中松山城の要衝たる意味は幕閣でも熟知している。小堀遠州の手になる松山城改築図が、あるいは、あらためて御用部屋を動かしたのかもしれない。

小堀遠州が近江《おうみ》（滋賀県）に移ったあと、松山城の主人としてやってきたのは、池田《いけだ》備中守長幸《ながゆき》である。彼は馬頭から移ってきた。その所領は六万五千石である。池田氏が布陣したのは短い。二代で終わった。『大名廃絶録《はいぜつろく》』によると、継承する子どもがいないためであった。ついで城主は水谷《みずのや》伊勢守《いせのかみ》勝隆《かつたか》にかわった。寛《かん》永《えい》十九年（一六四二）である。以後、水谷氏の治世は三代にすぎないが、この時期、松山城下が整備されたことは、今日の高梁市の発展とおおいにかかわりがある。時代は、城下をただに城と、その城のための便宜上の存在にとどめなくしていたのであろう。十七世紀後半に入って、人心は泰平を望み、奇嬌《ききょう》を衒《てら》った安土桃《あづちもも》山《やま》文化は定着と爛熟《らんじゅく》期に入った。人びとの生活のサイクルが、城下を〝街〟としての発展に向かわせていたのである。

水谷氏が城下町を整備し、判然と、侍《さむらい》屋敷と町屋に分けて、水路道路の開発に力を尽くしたのは、そうした時代の要求でもあったろう。他国の城下町もまた、この時期に大きく発展している。その業績は初代にとどまらず、二代勝宗《かつむね》・三代勝美《かつよし》とうけ継がれて、今日の高梁市の姿の基礎をなしている。

前記『御城主記』には、

寛文《かんぶん》十一年（一六七一）には赤崎新町ができ、貞享《じょうきょう》三年（一六八六）には松山町数六ヶ町内竪南北十二丁半横東西一丁半、但《ただ》シ本町新町下町鍛冶《かじ》町紺屋町共是《これ》を小堀作、とみえる。

「水谷左京亮勝宗《みずのやさきょうのすけ》　扨唯今《さてただいま》城ハ天和《てんな》元年酉《とり》正月より御取附同三年亥迄《いまで》成就畑角兵衛、作事奉行永嶋万九郎小薬《こくすり》万助、大工頭玉木喜左衛門《たまききざえもん》、御寝小屋迄出来」

とみえて、城の改築が行なわれたことがわかる。

水谷氏は三代で交替し、元禄《げんろく》八年（一六九五）には上州高崎《たかさき》から安藤対馬守《あんどうつしまのかみ》が移封されてきた。これは六万五千石。だが二代で石川氏（六万石）となり、そして最後の城主となった板倉《いたくら》氏（五万石）が入ってくる。

短い大名の多かった松山城主としては異例といえるほどの板倉氏の治政は七代にわたっている。それは板倉氏の政治力にもよろうが、徳川幕府の後期の安定性を物語ってもいる。

だが、その文字どおり最後の藩主となった七代勝静《かつきょ》は、幕府の老中として重責を負ったために、歴代の城主の知らない苦難の道を歩かねばならぬことになる。

しかし、板倉周防守勝静《すおうのかみかつきよ》（松平楽翁の孫）は名君と称されている。彼は幕末の時代認識をもっていた。名儒山田方谷《やまだほうこく》を重用したこともそれであり、文武両道を奨励して士道を鼓吹《こすい》した。彼自身が斜陽の幕府に尽くして流浪の苦しみを味わわねばならなかったことは、その精神を身をもって示したことになる。だが、天下は薩《さつ》長《ちょう》の奪うところとなって、明治の時代とともに、松山城は廃城と化した。

かつて、秋庭《あきば》氏はじめて城砦《じょうさい》を構えて以来、歴史にみるだけでも、主をかえること十一姓、約四十世に及び、およそ六百余年。松山城は、いまもしかし、五〇〇メートルに近い臥牛《がぎゅう》山々頂に、昔日の雄姿をみせている。明治以来、荒廃していたものを補修したもので、瓦《かわら》などすべて往時のままである。

津和野城

赤江　瀑

あかえ・ばく

1933年～2012年。「罪喰い」「オイディプスの刃」「海峡」「八雲が殺した」「金環食の影飾り」など。

劇的なながめをもつ山城跡の遠望

中国山地の高みを行く国道九号線にのって車で走っていると、山口県と島根県の県境近くにあるこの山里への下り道は、うっかり見過ごしてしまったりする。はるかな目の下、深い山岳地帯の底に隠れて帯状にのびる谷あいの盆地に、「山陰の小京都」などとよばれる小さな城下町、津和野《つわの》はある。

むかし、一面につわぶきの生い茂る里だったところから、つわの野という土地名が出たという。ひなびた雅趣のある日かげの素朴《そぼく》な花の名は、この山あいの谷里にはいかにも似つかわしい気がするし、由緒ゆかしくもあるのだが、津和野を訪れるとき、突然そんなゆかしさや風雅の心を一瞬吹き消されてしまうような奇怪な眺めに、目を奪われ、足をとめる人たちも、あるいは少なくないのではあるまいかと思われる。

谷の底を行く鉄道、山口線をつかって津和野駅におりたつ人たちには、このながめはさほど鮮烈に目に入ることはあるまいが、山の高みを行く国道九号線にのって津和野に近づく人たちには、谷あいの集落よりも先に、まず目にとび込んでくるはずである。

盆地をはさんで向かいあう対面の山上に、えたいの知れぬ不気味な構築物が空にそびえて横たわっている。それはつかの間、山上の牢獄《ろうごく》を思わせたり、防塁・砦《とりで》・要塞《ようさい》、などといったイメージをいきなりよびおこすにちがいない。高い山の頂にぽつんと一角、さながら、いにしえの獄舎か監獄の跡を思わせて横たわるその構築物は、目をとめると、妙に傲然《ごうぜん》としていて、どこか陰惨なながめをもっている。

出窓格子《ごうし》のある白壁の土塀《どべい》がつづく屋敷町に花菖蒲《しょうぶ》が咲き、道の端《は》の小溝《みぞ》には錦《にしき》の鯉《こい》が泳いでいる。また祇園会《ぎおんえ》の古神事みやびな白鷺《しらさぎ》の舞などをいまも伝え、明治の文豪森鷗外《もりおうがい》の生まれた土地でも名高い山里、春は花、夏は青葉に深山の気、秋は紅葉、冬は雪と、例の観光パンフレットなどにはかならず登場するものさびた優雅な山峡《やまかい》の城下町、津和野のやさしいたたずまいや、美しい里の姿には、この山上の構築物は、どこかそぐわない、場違いな印象をあたえるだろう。

　これは時代の移り変わりが人の心にもたらす誤解ではあるけれど、この山峡が津和野というたおやかな里名をもつ土地であるだけに、その山上のものはなにがなしに剣呑《けんのん》で、殺伐《さつばつ》としたおもむきをおび、むしろ異様な感じさえする。じっさい、現在日本に残る山城跡のなかでも、この津和野城の城郭址《し》は、一種独特なながめがあり、めずらしい。

　そうした意味で、劇的な感興をそそられる。

山深い地の自然環境のきびしさを思えば、この里が静かな美しい姿をもっていることのほうがじつはふしぎなのであるが、西の京と謳《うた》われて京都と肩を並べるほどの栄華を競った山口が、すぐ山越えの隣接国であってみれば、初代吉見《よしみ》氏時代に山口の大内《おおうち》氏と姻戚《いんせき》関係の仲でもあった津和野藩が、その土地柄にみやびな味や女性的な風貌《ふうぼう》を残していることは、うなずけなくはない。

　そして、そのやさしい撫で肩の花めいた風情《ふぜい》は、現代の津和野にもそのまま観光色の表看板としてうけ継がれてはいるけれど、もともと、この山国の小領土が歴史のうえで一国の城地として生をあたえられるのは、弘安五年《こうあん》（一二八二）、鎌倉時代、再度の元寇《げんこう》にそなえての警護の地としてえらばれたためであって、初代津和野の城主吉見頼行《よりゆき》が能登国《のと》（石川県）から配属されて、その任にあたって以来のことである。

いわば津和野は、武力の地として生をうけた土地なのである。

城が、本来一国の軍事中枢として武力の象徴物である以上、その亡骸《なきがら》とでもいうべき城跡が、戦乱の影をひきずり、血なまぐさい思索や修羅《しゅら》のにおいをとどめているのは当然のことであるが、山のほかには山ばかり、山また山の連なりあう高空はるかな視界のなかに突然現われる津和野城址の石組み垣は、城の盛装ともいうべき天守に飾られた姿をもたないだけに、人界を離れて遠く天空に孤絶した構築物という感じが、ひときわ強い。

天に封じられた獄舎などといったイメージが湧《わ》くのも、そのためかもしれない。

しかし、この山城跡が、獄舎・牢獄のイメージをふと思いつかせたりすることは、ある意味でたいへん興味ぶかい気がしないでもないのである。

この城を築城した主人公、まさにその人物の生涯《しょうがい》を思いあわせてみるときに、「牢獄」のイメージは、ひどくシンボリックな感慨さえよぶからである。

坂崎出羽守直盛

津和野《つわの》領は、前述したように吉見《よしみ》氏がこの地の城主として初着任して以来十四代、期間にして三百十余年その支配がつづき、関ヶ原の合戦で吉見広長《ひろなが》が西軍に与《くみ》して敗れたのを最後に、徳川《とくがわ》方で戦功のあった坂崎《さかざき》氏がこれによってとってかわり、新城主の地位におさまるのだが、これがわずかに十六年間の存在で、つぎの藩主亀井《かめい》氏にその席をあけわたし、以後明治を迎えるまでの十一代、二百五十数年間の藩政は因幡《いなば》国（鳥取県）より移ってきたこの亀井氏によってうけ継がれることになる。

つまり津和野城史を、その支配者の政権交替劇という観点で一望すれば、明確に三つの時代色に区別されるわけであるが、その歴史の頭の部分をうけもつ吉見氏が、十四代、三百十余年、そして下半身の分担者亀井氏が、十一代、二百数十年にも及ぶいずれも長期安定型の治世を行なっているのに反し、両者の中間にはさまれた坂崎氏ひとりが一代こっきり、それもほんの十六年というあっけない命脈でこの城主の座を失っているありさまが、なんとしても特徴的で、人目をひかずにはおかないだろう。

世に、悲劇の武将だとか、悲運の城主だとかいわれて、歴史史話、物語の世界でも喧伝《けんでん》される例の有名な「千姫《せんひめ》事件」の中心人物、坂崎出羽守直盛《でわのかみなおもり》が、まさにこの一代十六年ぽっきりで藩主の座を得たかと思うと、たちまちに時代年表のおもてからは姿を消す津和野城主その人なのである。

したがって、津和野城について物語るとき、あるいは考えねばならないとき、本来ならば、その城に根をおろして長年その城とかかわりあって、悲喜辛酸こもごもになめ、名実ともに城をおのが居館とし、城の浮沈や波瀾《はらん》ともじっくりと反《そ》りをあわせてその歳月をともにした吉見氏や、亀井氏の事績、歴程をなおざりにすることはできないのだが、逆に、同じ土地、同じ住民、同じ山城をおさめる藩主でありながら、坂崎氏ひとりだけが番外のこの異様に短い津和野在藩年数は、まことにきわだちすぎていて、やはり特筆すべきことだと思われる。

吉見氏や亀井氏にはできたことが、なぜ坂崎氏にはできなかったのか。単純に、そんな疑問が湧《わ》くだろう。元和《げんな》二年（一六一六）九月、彼が津和野藩主の座を失うにいたった騒動が、あまりにも天下に名高いだけに、その騒動のかげに隠れて、このなぜという疑問はとかく忘れられがちである。

わずか十六年間しか藩主生活を送れなかった男。

津和野城史は、そのことを、われわれに気づかせてくれる点で、興味深い。わたしが、津和野城物語に坂崎出羽守直盛をとりあげる理由も、ここにある。

歴史は、坂崎氏の生涯《しょうがい》を左右した直盛滅亡劇の筋立てに、「千姫事件」というきわめてドラマティックではでやかな檜《ひのき》舞台を用意して彼を葬り去り、そんな彼を「悲劇の人」というけれど、直盛を悲劇の人とよぶならば、それはむしろ、この津和野在藩十六年という数字のなかにこそ、悲劇はあったというべきだろう。

なるほど、いわゆる坂崎出羽守悲話として、多くの記録が伝え、世上に取り沙汰《ざた》されたこの「千姫事件」、出そろう顔ぶれが顔ぶれで、時の大御所、徳川家康《いえやす》、その孫娘で豊臣秀頼《とよとみひでより》に嫁した千姫、千姫の父、二代将軍秀忠《ひでただ》、家康の曾孫《そうそん》で千姫の再婚相手、桑名《くわな》の城主本多忠政《ほんだただまさ》の嫡子忠刻《ただとき》など、いわば時のトップ権力を向こうにまわしておこした一騒動であるだけに、虚説・実説入り乱れて、道具立てだけはにぎやかで、けっきょく、直盛自滅は明らかなことであるが、その自滅も自刃か殺人劇かさえも定かではなく、真相は謎《なぞ》や疑惑をはらんだまま、道具立てのにぎやかさやその華々しさだけはいまも天下の語り草となって生き残っているあたり、たしかに、一地方の山国の小藩主が主人公の滅亡劇にしては、骨組みだけは十分すぎるほど十分な悲劇の相貌《そうぼう》をそなえているといえはしよう。

けれども、とわたしは考える。津和野を訪れるとき、これはいつも考えることだ。

坂崎直盛を「悲劇の人」にしたのは、たしかに「千姫事件」ではあったろうが、では「千姫事件」が、かりにおこらなかったとしたら、坂崎直盛は「悲劇の人」とよばれずにすんだであろうか、と。

前置きが長くなったが、標高三六七メートルといわれる険しい山上にそびえる山城、津和野城址に、現存している巨大な石組み垣は、この土地にもっとも長く居を構えて中世戦乱の歳月をくぐり抜けてきた吉見氏のものでもなく、また近世のほとんど全時代を藩主として全うした亀井氏の手になるものでもなく、じつにその端境期《はざかいき》につかの間この地に登場した坂崎出羽守直盛の手によって構築されたものであることを思えば、その石が後世に語りかける声に耳をかさないわけにはいかない気がするのである。

「千姫事件」の薄暗い前駆症状

慶長《けいちょう》六年（一六〇一）、坂崎直盛《さかざきなおもり》は関ヶ原の役のはたらきを買われて新封津和野《つわの》三万石の城主となるが、彼が入城してまず手がけた仕事は、天険を利した中世防御型の山城を、石垣組みで全面的に強化し築き直す大増改築工事であった。

近世城郭のほとんどがそうであるが、鉄砲術の戦略導入、城下町の形成、産業開発とその経営などの計画にそって、信長《のぶなが》の安土城《あづち》を先駆とする築城工事は、この時期、全国的に行なわれたものである。

ただ津和野藩の場合、近世城の傾向が、平地や平地のなかの丘陵を利用して濠《ほり》をめぐらすという築城に移り変わっていくのに反し、石州（島根県）三本松城といわれた吉見《よしみ》氏時代の山岳城を地形としてはそのまま踏襲しているため、その工事の労力や費用の膨大さはたいへんなものであったらしい。

なにしろ入府と同時に着手した大普請《ふしん》であったから、のちに津和野藩の財政をうるおす産紙業の隆盛などもいまだなく、どこから彼がこの費用を捻出《ねんしゅつ》したのか。

たとえば寺社領の没収や削《けず》り取り、租税の過重徴集、労働・夫役の強制などが行なわれ、農民一揆《いっき》や逃亡する住民なども出たというから、かなり過酷な政策がとられたことにまちがいないが、それにしても、わずか三万石の山国大名で、通算しても在藩十六年という新参城主に、この短期間内の大普請費の調達は、むしろ謎《なぞ》の部分のほうが多い。

そんなところから、この山城の改築には、家康《いえやす》の息がかかっていて、中国八か国の大身から防長二州に封じ込めた毛利《もうり》氏牽制《けんせい》の軍事意図があったとか、また直盛が特別に親交をもっていた柳生宗矩《やぎゅうむねのり》を仲介にして、宗矩が新陰流を師範した二代将軍秀忠《ひでただ》とつながるパイプがあった、などとする臆説もからんでくる。

いずれにせよ、幕府のかげの援助があったとみるこの推測は、のちに直盛の命取りとなる「千姫《せんひめ》事件」に登場する主要人物たちが顔をそろえているという点で、おもしろく、それなりに、説得力もあるようだ。

この大工事が、完成した年月はわからない。

土地の伝えでは直盛は、紀州（和歌山県）の根来《ねごろ》坊・阿林《ありん》坊・南湖《なんこ》坊という三人の築城師を招き、城の落成後、この築城師たちは殺害されたという血なまぐさい話も残っている。おそらく例の鉄砲術にたけた根来衆一派のものたちであっただろうが、城の機密保持のためにはよく使われるてだ。城の石垣に埋め込まれ人柱にされたり、斬《き》り殺されたりした彼ら三人の名は、いまでも根来台・南湖山・阿林坊台として、津和野の地名となっている。たぶん、現実にあった話だろう。

しかしとにかく、こうして農民の苦役、一揆《いっき》、逃亡、また土着した先代吉見氏の家臣団などの離反・抵抗がくり返されたりするなかで、津和野城は大改築を終えるのだから、直盛はおそらく、在藩した十六年の大半をこの城の工事で費やしただろうと思われる。

加えて、城下町形成、産業開発、人心の統治など、やるべき仕事は山積みで、彼の藩主生活の目まぐるしさは、中世から近世への移り変わりの時世の波をそのまま映じて、安穏ではなかった。だが彼は、いちおうこれらの藩政をとどこおりなくさばいている。

もともとは彼は、備前《びぜん》（岡山県）の支城である富山《とみやま》城主（二万石）、宇喜多忠家《うきたただいえ》の子で、忠家の跡目を継いでこの支城の主となり、その後、津和野城主に出世するのだが、この岡山の富山城が一三〇メートル近い山頂に建つ山城で、そんなことから山城経営には慣れていたということもあるだろう。

ともあれ、直盛は津和野城大改築という事業を成し遂げたが、彼の身辺はこうした公の事業だけであわただしかったわけではない。

慶長十年五月、直盛は私情の面でも大きなできごとをおこしている。伊勢安濃津《いせあのつ》（三重県津市）の城主富田信濃守信高《とみたしなののかみのぶたか》を、家康に訴え出るという騒動である。訴えられた信高は、直盛の腹違いの姉の婿で、七万石。つまり直盛には、義兄にあたる。

この事件は、将軍職までかかえ込んで延々八年間にわたる骨肉縁類入り乱れての争いとなり、けっきょく直盛の勝訴には終わるけれど、のちの「千姫事件」をひきおこす直盛の行動を思うとき、見過ごせないある重要な意味深さをもっている。

深さといえば、たしかに深い、それは薄暗さとでもいえばよいだろうか。人体の深い根の底に、不気味な暗い流れが兆《きざ》し、それがゆっくりと動きはじめているような、そんな闇色《やみいろ》の気配を、ふと坂崎直盛の人間像のうえに投げかける事件。

わたしには、そんなふうに思われてならない。

ある予兆が、この騒動の底にはすでにあった、と。

骨肉劇の光景

騒ぎのおこりは、衆道による色恋沙汰《ざた》のもつれである。

直盛《なおもり》が寵愛《ちょうあい》していた若い小姓に、直盛の甥《おい》である浮田左門《うきたさもん》が情を通じ、これを知った直盛は、家来の手で即座に小姓を斬《き》り殺させた。

なかなかの美童であったらしく、左門はこの仕打ちを恨みに思い、小姓を斬った直盛の家来をさらに報復討ちにして、逐電する。逃げのびた先が、大坂の祖父、忠家《ただいえ》の住まいで、いまは隠居して安心入道と名のる、つまり直盛の父のもとである。安心にとっては、左門は孫。直盛の気性をよく知っている安心は、このままにしておいては左門の命がないと悟り、娘婿の信高《のぶたか》のもとへ左門を送り、ひそかに孫の身の安全を頼むのである。

富田《とみた》信高には、左門は妻の縁につながる義理の甥《おい》。妻の頼みもあって、これを匿《かくま》うが、やがて直盛にかぎつけられ、直盛はさっそくその成敗《せいばい》を申し出る。

「左門を、こちらに引き渡されるか。さもなくば、即刻ご成敗なされよ」

と、しきりに信高に要請してくる。

矢継ぎ早に、飽きもせず、手を替え品を替えてのたびかさなる催促は、しだいに性急さを増し、さすがに信高も隠しおおせなくなって、

「たしかに左門は、一時それがしがもとへ身を寄せはいたしたが、その後いずく

へかに姿を消し、行方はそれがしにも不明でござる」

と、返答した。

業をにやした直盛は、

「もう頼まぬ。わしがこの手で探し出し、首をはねるわ」

とばかり、みずから安濃津《あのつ》城に乗り込んでくる。

が、折あしく信高は伏見《ふしみ》へ出向したあとで、直盛は留守居役の家老と押し問答のあげく、激昂《げきこう》して、その家老を人質にして伏見へ同道するのである。

折から、徳川秀忠《とくがわひでただ》は二代将軍職につき、その宣下のあと先で、伏見は新政府の陣容あわただしい時期であった。直盛には、そういうところがある。

この公事繁多な伏見城中へ、私怨《しえん》の争いをもち込んで、訴訟に及んだのである。

信高のほうも、こうなっては腹を決めざるをえない。直盛の理不尽に、刃をまじえても争う決意をみせた。

仲裁役に入ったのが加藤清正《きよまさ》・浅野幸長《よしなが》らであったが、直盛はこれをきかず、事は家康《いえやす》・秀忠の知るところとなり、大久保相模《おおくぼさがみ》・榊原《さかきばら》式部大輔《たゆう》・本多佐渡《ほんださど》・山岡道阿弥らを通して、「直盛ふとどき」と下知あって、信高の家老を帰城させよと命じられた。

むろん、事はこれではおさまらなかった。

二年後に信高は、五万石の加増をうけて、伊予《いよ》（愛媛県）宇和島《うわじま》十二万石の城主となる。

直盛の胸中で遺恨《いこん》は消えずに長くくすぶりつづけてきたことは、さらに六年ののち、すなわち慶長《けいちょう》十八年（一六一三）、突如として表に現われるのである。

伏見での騒ぎののち、左門は肥後《ひご》（熊本県）の加藤清正にあずけられるが、清正の死後、ふたたび大坂の安心を頼るべく加藤家を出る。

この途次、宇和島の信高の妻をたずね、日かげの身の苦衷《くちゅう》を訴え、たすけを求める。信高の妻は、情にほだされ、彼の行く末の哀れさを思い、ひそかに左門を妹婿の日向《ひゅうが》（宮崎県）延岡《のべおか》五万石の城主、高橋元種《もとたね》のもとへ落とす。この折、信高の妻が、彼女の才覚で左門の食い扶持《ぶち》として極秘にとどけた米百俵なにがしかが、二度目の騒動の種となるのである。

信高はこのことを知らなかったが、左門の母方の縁者から、この事実が直盛の耳へ囁《ささや》かれたのだ。

あらたに左門が身を寄せた高橋元種は、直盛の妹の婿だから、信高同様、直盛にとっては義理の兄弟である。

しかし、そんな斟酌《しんしゃく》が直盛にあろうはずはない。直盛は、得たりとばかり左門隠匿庇護《ひご》のかどで、この義理のふたりの兄弟を、書状をもって江戸表に訴え出たのである。

慶長十八年十二月、江戸城西の丸で裁きは行なわれた。米百俵の秘密扶持が動かぬ証拠となり、直盛の訴えは聞きとどけられ、信高は十二万石、元種は五万石を、それぞれ改易《かいえき》され、一朝にして城主の座を失った。

左門は、獄へ引かれる途中逃亡をはかり、警護のものの手にかかって果てたという。

慶長の年、直盛がおこした騒動の、これがあらましである。

色小姓の些細《ささい》な色の裏切りにはじまるこの騒動、武士道では信義や恥をいう世界がその背景にはあったとしても、八年間、執拗《しつよう》に直盛が追いかけまわしたものは、なんだったのか。

武士の意地や務めを武士道ではいうけれど、そしてまた、たとえば仇討《あだうち》のため、たとえば正義のため、たとえば面目のため、そのためならば国も捨て家も捨て家族も捨てて、あてのない旅へも旅立たなければならない武門の旅人たちの話なら、われわれはいやになるほど知らされてもいるけれど、そんな理解や得心や知識の及ばない物陰《ものかげ》を、ふとすり抜けていくものの気配が、やはりわたしにはするのである。

直盛のある行動、それはどこといって指摘はできないけれど、しかしどこにでも、いつでもたえずそれは指摘できそうな、そんな彼の行動の物陰にひそんでいるある目に見えないものの薄暗さ。

それを、この骨肉劇は、ちらちらとわれわれに見せてくれていはしないだろうか。

ちょうど、やがてくる発病期を前にして、現われるあの先ぶれに似たもののように。

元和元年五月の夏

明けて翌々年。元和元年《げんな》（一六一五）五月七日。

坂崎直盛《さかざきなおもり》は、この大坂城落城の日の殊勲により、加増一万石を得て、津和野《つわの》四万石の大名となった。

世にいう大坂夏の陣の、戦火終結した日である。

この日、直盛がどのような武功をあげたのか。いやそれは、はたして武功とよべるものだっただろうか。

むろん、直盛が、落城のさい、秀頼《ひでより》の妻、家康《いえやす》の孫、秀忠《ひでただ》の長女である千姫《せんひめ》を救出して、茶臼山《ちゃうす》の家康の陣所に連れもどったことは事実であろうが、世上に伝えられるごとく、猛火の大坂城内へとび込んで、ほかの武将にはまねのできない、真に殊勲と賞されるほどのはたらきをしたのかどうか。この点が問題である。千姫脱出には、歴史の記録や資料にも諸説山ほどの記述があり、正確にはどれが真相か、だれにも断定はできない。だが、いわゆる定説のようなものはある。それもまたひとつにとどまらないところがやっかいだが、たとえば、大坂城内の重臣大野治長《おおのはるなが》が画策し、秀頼と淀君《よどぎみ》母子の命乞《ご》いを千姫に託す腹案があった。いっぽう、徳川《とくがわ》方にも、家康ないしは側近の本多正信《ほんだまさのぶ》あたりから、事前に城内に内通の手がまわっていて、千姫を落とす計画はととのえられていた、と。

状況としては、これらの見方はうなずけるし、またこれらの計画を最後にことごとく押しつぶし、実現させまいと阻《はば》んだのが淀君で、彼女は落城間ぎわの糒蔵《ほしいぐら》に立てこもり、脱出の寸機もあたえず、千姫の袂《たもと》を膝《ひざ》の下におさえ込んで、片時もそばを離れなかったというから、豊臣《とよとみ》家最後の瞬間にみせた淀君の徳川への怨《おん》念《ねん》の凄《すさ》まじさは想像がつく。こうして、千姫自身に脱出の意志があったかなかったかは別にして、滅びる豊臣一門の怨《うら》みをその双肩に背負った淀君を前にしては、大野治長の画策も徳川方の内通の手も無力であった。そのうちに、糒蔵にも火の手があがり、千姫の命脈もこれまでかと思われた。

この土壇場の折のもようを、のちに千姫とともに城を落ちのびた松坂《まつざか》という局《つぼね》が物語っている。

それによると、死なば千姫もろとも道連れにと物狂おしい執着の目を千姫から離さなかった淀君の手を、千姫が逃れ出ることができたのは、千姫づきの乳母の局《つぼね》や侍女《じじょ》たちの機転であったという。

女のうちのひとりが、にわかに、

「秀頼さまご自害にござりまする」

と、叫びたてた。

この声に動転した淀君が、秀頼の座所へ駆け寄る隙《すき》をついて、千姫を蔵の外へ落としたというのである。

この松坂の局の記述は、さらに興味ある事柄を書きついでいる。このあと、千姫は、堀内主人《ほりうちもんど》なる武者によって守られ、城外へ連れ出された、と。

この堀内某についての記録は、『日本戦史』など、ほかの書にも明記されている。

千姫が侍女と本丸を出た直後、

——火さかんにして、通過するに能《あた》わず。石塁の下に佇立《たちどま》る。西軍（大坂方）の士堀内氏久、誰何《すいか》す。侍女故を告ぐ。護衛を嘱す。氏久《うじひさ》これに従い、出《い》でて東軍（徳川方）の士坂崎直盛に逢い、これを託す、

という、きわめて簡潔な文章である。

これでみると、荒れ狂う猛火に立ち往生し、城内の石壁の下で火の手を避けていた千姫と侍女を見つけたのは、堀内氏久だということになる。

「そこにいるのはだれだ」

と、氏久が尋ね、侍女が千姫であることを告げ、氏久はさっそくこれを警護し、城を出たところで徳川方の武将坂崎直盛に引き渡したという記録である。

また、ほかの資料には、この堀内氏久なる人物は、直盛とは知己の間柄で、千姫を守護して城外に出たのち、坂崎の陣屋へ送りとどけたという記述もある。

一本によらず、何本にも及ぶこうした記述が残されているということは、頭のなかに入れておいてもよかろうと、わたしは思う。

けっきょく、最終的に、徳川秀忠の陣、さらには家康の陣営に千姫を伴《ともな》ったのは坂崎直盛であるが、その間に、この堀内氏久という人物が存在したと指摘する資料は、妙にわたしには気にかかるのである。

家康が、千姫救出に、千姫自身の身柄を懸賞に約したという有名な話も、老獪《ろうかい》な政治家として、あるいは孫娘への骨肉の情愛に迫られての窮余の策として、十分にうなずけはするけれども、なにか仕組まれすぎて、あざとい譚《たん》めく気がするのである。

わたしが、氏久の存在のほうがむしろ自然だと考えるのは、たとえば幕府開設以来の諸大名家の事蹟《じせき》をつづった新井白石《あらいはくせき》の著『藩翰譜《はんかんふ》』のなかにあるような一節を、目にしたりするときである。

白石の記述によると、坂崎直盛は当時五十余歳。千姫を妻に娶《めと》れるような齢《よわい》ではなく、家康が彼に約したなどとはいわれのないことだ、といっている。家康は、じつは京の公家《くげ》連中につきあいのある坂崎直盛に、大坂城脱出後の千姫の身の振り方を頼んだのだ、という。

直盛は、この命に従って、公家の間をあちこちと骨折って回り、再婚の相手を見つけたのだが、さて肝心の千姫のほうにその意志がまったくなく、嫁がねばならなければ落飾《らくしょく》するとまでいわれて、直盛はやむをえず引きさがった。その後、手のひらを返すがごとく、突然、本多《ほんだ》忠刻《ただとき》のもとに千姫再嫁の話が決まり、これを聞いた直盛は、痛憤し、

「さらば、御輿《こし》入れの日に、道中にて御駕《が》を奪い奉っても、この御再嫁阻んでみせよう。いったん、いずれへも嫁がぬと約束なされたは、偽りか。公家方への労をとったこの直盛の面目が、それでは立たぬ」

と、意気まいて、一命にかえてもこの恥辱は雪《すす》ぐと決意したもようが、書き述べられている。

つまり彼は、自分の心配した嫁入り話には耳も貸さず、それも家康からたってと頼まれて奔走した結婚話なのに、髪をおろしても二度と嫁ぐ身にはならぬとい

いきられて、その決意のかたさを知ったから、自分も折れて、いさぎよく話をもとにもどしたのだ。それを、この舌の根の乾かぬ間に、しかもこの自分には一言のあいさつもなく、と、つむじを曲げたのだ。

こうして直盛は、忠刻のもとへ嫁ぐ千姫の江戸出発を妨害せんとして、切腹仰せつけられるが、さらにこの公儀の断を不服とし、家臣を集め江戸藩邸に立てこもって、頑《がん》としてその命に服さなかったことは周知の事実である。

生来剛直、短慮、猪突猛進《ちょとつ》、血気にはやり、思慮分別を失った男の自滅劇であることは、結末において変わりはない。

白石の記述を鵜呑《うの》みにするわけではないけれど、千姫を懸賞にしたという家康よりも、孫娘の行く先を案じ、秀頼正室という前歴に見あう婿を探してやらなければと気づかった家康のほうが、自然な気がするのである。それには、武門よりも公家方をと考えたのもうなずける。

となると、坂崎出羽守《でわのかみ》の騒動は、恋をつらぬくという悲話にも、恋の遺恨という怨劇《おんげき》にも該当しなくなる。ただ、

――人間の意地。武士の面目にかけて、という一義がその根底に残り、やみくもに、また執拗《しつよう》に、その一念を追いかけた男という、一国一藩の主たるにはむしろふさわしからぬ愚かしさだけが浮かびあがってさえくるのである。

それを愚かしさとはよぶべきではないかもしれぬが、やはり直盛の行動の骨子には、それに近いなにものかが、病のように巣をはっていそうな気がするのである。

江戸湯島《ゆしま》台の藩邸に立てこもった直盛の最期は、謎《なぞ》につつまれている。柳生《やぎゅう》宗矩《むねのり》の説得に屈して自決したとする説もあれば、酔臥《すいが》の首級を家中の者の手にかかってはねられたという謀殺説もある。いずれにしても、無残な死であったことにちがいはない。

一家断絶。一門滅亡。

かりに「千姫事件」が彼の生涯《しょうがい》に存在しなかったとしても、この滅亡への黒い道は、たえず彼の身辺のどこかに口をひらいていた道なのではなかっただろうか。

なにか生来抜きがたく彼の人となりの内にひそみついて、根をおろしている病根のようなものではなかったろうか。

山あいの底に埋もれたひとにぎりの小さな町を眼下に見おろす城山の頂に、いまどこか天険の牢獄《ろうごく》めいてそびえている津和野城址《じょうし》の石組み垣をながめていると、

――城は人なり。人は城なり、
ということばが、ふと思いおこされる。

晴れた日でも、いや、晴れあがれば晴れあがるほど、その城石の遠望には、ふと獄舎の気配がたちまようつかの間があるのである。

これは、わたしひとりの恣意的な眺めなのであろうか。

わたしには、どうも直盛の人間性に、偏執症めいた欠陥があるように思えてならない。徳川政権確立時の政治の波、不運な人事にまきこまれた悲劇の武将などという見立てはできにくい。とはいっても、白石の『藩翰譜』にしても、信用に足る資料とはいえぬかもしれぬ。白石は幕閣に用いられた学者であり、常に幕府

の側からの正統性を主唱してきた張本人でもあるのだから。

けれども、このことだけは確かだろうという気がする。徳川千姫にとって、坂崎直盛なる人物は、まちがっても、なにかの人的関心の対象となるような人間ではなかったであろうということだけは。

この地を訪ねた晩秋のある一日、津和野城址を染める紅葉の緋の色に、わたしは千姫の凄艶な高笑の声を聴く思いがした。一蹴《け》り、絢爛たる裲襠《うちかけ》の裳裾《もすそ》をひるがえして、傲然《ごうぜん》とこの高空に背を向けて去る凜たる後ろ姿の千姫の。

高知城

大原富枝

おおはら・とみえ

1912年〜2000年。「婉という女」「ストマイつんぼ」「地上を旅する者」「アブラハムの幕舎」など。

追手門の荘重な美

高知城は追手門と天守閣を一望におさめられる位置、東南方からの眺望《ちょうぼう》がもっとも美しい。

城そのものはけっして大きくはないので、壮大とか雄大とかのことばはあてはまらないが、追手門の荘重な結構の美は、なかなかのものである。この門は享保《きょうほう》元年（一七一六）の再建にかかるもので、享保十二年の大火にも幸い焼失をまぬかれた。

わたしの子どものころはお濠《ほり》の水も豊かに、一面に蓮《はす》の花を咲かせて城をめぐり、鯉《こい》や鮒《ふな》もたくさんいたし、だいいち市街そのものが現在とは違う、しっとりとした城下町のおもかげを十分残していた。

白い築地塀《ついじべい》をめぐらせた長屋門の武家屋敷が軒を並べてつづいている町筋が残

っていたものだ。大川筋の廿代橋《にじゅうだいばし》から中の橋、上の橋、桜馬場へかけてのそれらの武家屋敷の前栽《せんざい》から、塀越しに四季おりおりの樹木が枝をさしのべ、花を咲かせ、うちむらさきや夏みかんを実らせて、枝もたわわに覗《のぞ》いていた。

城は深い木立に囲まれていて、東の濠の内側は山内一豊《やまのうちかずとよ》をまつる藤波《ふじなみ》神社であった。大木が昼も暗く茂り合い、その間に藤やあけびが大蛇《だいじゃ》のように蔓《つる》になって樹から樹へはい、春から初夏へかけて人知れずつつましい花をつけていた。

蟬《せみ》が鳴きしきっている夏の日も、林のなかはしいんと冷えていた。あれだけみごとな林は城そのものにとってもなくてはならない貴重な景観であった。現在は伐《き》り払われてすべてなく、濠もその部分は埋められてしまった。図書館や郷土館などりっぱな公共の建物が建ち並んでいるが、もったいないことをしてしまったものである。

藤波神社の入口の濠にかかる反《そ》り橋を渡ると、突きあたりに一豊の出陣姿の銅像が建っていた。鎧兜《よろいかぶと》に身をかため駿馬《しゅんめ》にまたがり、槍《やり》を小脇《こわき》にしていた。第二次世界大戦中、銅不足の供出で姿を消してしまったが、写真で見てもわるくない出来のものであったと思う。現在二の丸あたりにある、馬を連れた一豊夫人の像よりはるかに象徴性の高いものであった。

いま追手門際には「野中兼山《のなかけんざん》屋敷跡」と標示されている。もと筆頭家老《かろう》であり、激越な儒者、理想家肌《はだ》の政治家で、戦国時代に荒れ果てていた土佐《とさ》（高知県）を殖産興業に導いた彼の本邸屋敷跡である。野中一族悲劇の象徴としてまだ林の奥深く、わずかながら池などのおもかげをとどめていたころ、幼いわたしは、父に連れられてその林のなかを歩き、婉《えん》の生涯を話して聞かされたりしたものである。

現在はもう、どのようなイメージも浮かびようもない変わり方である。こぢんまりした城とはいえ、城というものにはすべてドラマがある。高知城といってもけっして例外ではない。

築城まで

高知城のあるところはもと、大高坂《おおたかさ》氏の大高坂城の跡である。

大高坂松王丸《まつおうまる》という南北朝時代の武将があって、南朝方に与《くみ》してこの城によって北朝方と戦っている。「佐伯文書《さえきもんじょ》」によってそれがわかるが、城がいつごろ築かれたものかは正確にわかっていない。「佐伯文書」も原文書は不明であり、『蠹《と》簡《かん》集拾遺』に収録されて残っている部分によって、大高坂松王丸の戦いのありさまがわかるのである。

建武《けんむ》三年(一三三六)三月二十一日の大高坂城大手の合戦以来、戦いがつづいて、三年後の暦応《りやくおう》二年(一三三九)十一月二十四日には、北朝方である堅田《かただ》・津野《つの》・三宮《さんのみや》・佐竹《さたけ》各武将が細川定禅《ほそかわじようぜん》から大高坂城攻撃のため出陣の命をうけ、また翌年の一月二十四日には、片や南朝方の豪族、新田《にった》・金沢・河間・佐河・度賀野《とがの》の面々が、花園宮《はなぞの》を奉じて大高坂城を救援するため潮江山《うしおえ》に陣した。翌二十五日には大高坂城、潮江山の間で激戦が行なわれ、大高坂城は陥落し、松王丸はこの戦いで戦死したと推定されている。

ところで高知はもとは「河内」と書かれていた。鏡川《かがみ》とその支流のいだいているデルタ地帯で、河床より低地になっている。梅雨《つゆ》のころから台風の季節にかけて、太平洋の豪雨をまともにうけるこの地は毎年洪水《こうずい》に悩まされる。現在でさえそうであるから、治水工事の行なわれていなかったむかしはいっそうであったろう。東西に長い土佐《とさ》国の中央に位していながら、大高坂城址が放置されていたのは、ひとつに洪水の害を防ぐ方法がなかったせいである。

高知の東隣の要地岡豊《おこう》城から起《た》って、土佐全土を平定し、一時は四国全域を制圧する勢いであった長宗我部元親《ちようそかべもとちか》も、一度は大高坂城を改築して居城を移していたが、やはり洪水に侵されてあきらめ、浦戸《うらど》城築城に終わっている。浦戸城は浦戸湾の入口、咽喉笛《のどぶえ》のところに位置していて、これは要害にある堅城であった。

高知城を本格的に築きあげるのは徳川幕府初代藩主として土佐に封じられてき

た封建領主山内一豊《やまのうちかずとよ》である。

慶長《けいちょう》五年（一六〇〇）、関《せき》ヶ原《はら》の合戦で西軍が敗れたとき、西軍に与して敗れた長宗我部盛親《もりちか》を国主としていた土佐は、不安のどん底に落ちていた。

盛親は元親の末の男子であり、父の偏愛によって家督を継ぐ幸運を得た。しかしこの不自然な相続は長宗我部一族の有力・有能な人びとをつぎつぎと上意討ちに追い込むという悲劇を生んだ。いわば盛親の相続は呪《のろ》われていたともいえる。

盛親の兄のひとりである親忠《ちかただ》は、津野《つの》氏を称していたが、家康の家来である藤《とう》堂和泉守《どういずみのかみ》とは昵懇《じっこん》な間柄であった。

敗れた盛親は親しい間柄の井伊直政《いいなおまさ》を通じて家康の寛恕《かんじょ》を請い、自分は土佐に引き揚げた。

浦戸城では評定《ひょうじょう》をかさねたすえ、盛親自身が上坂して詫《わ》びるのでなければ、井伊のとりなしだけでは成功しまいということになり、上坂することになった。その上坂のとき、彼は兄の津野親忠を香美《かみ》郡岩村の孝山《こうざん》寺に押し込め、自決を迫った。

家康が藤堂和泉守の進言によって、土佐を二分して親忠にあたえるのではないか、と疑ったのである。これは盛親の意見でなく重臣久竹内蔵助《ひさたけくらのすけ》の提案といわれるが、しかし責任はすべて盛親が負うべきである。

家康は井伊のあっせんを容《い》れたが、そのとき同時に親忠の自害のいきさつを知って激怒し、土佐を長宗我部から没収することに決めた。掛川《かけがわ》藩主山内一豊の登場となった。

浦戸城うけ取りの使者として井伊の家臣鈴木平兵衛が盛親の家来立石正賀とともに土佐へ出発した。いっぽう、浦戸城では主君の無事な帰国を待ちわびている。情報の伝わりようのない時代、土佐と京・大坂ではぎりぎりのときまで運命の明暗はわからないのである。沖合に船が現われたとき、彼らは国主の帰国だと考えて喜んだ。ところが、船は港の入口で停船し、舳《へさき》に立った立石正賀が、大音張りあげて告げたのである。

「土佐はお取り上げ!」

城内は驚愕《きようがく》して、議論沸騰《ふっとう》の騒ぎになった。

立石とともに上陸しようとする鈴木平兵衛の上陸阻止、という手段が一致して採用される。

「あなたは帰られて家康公に報告されよ、土佐一国がかなわずば、半国なりともわが主君盛親様にあたえ給えと」

鈴木は城うけ取りが目的であって、仲介の労をとる人物ではないのだ。ともかく、長浜雪蹊寺《ながはませっけいじ》の住職月峯《げっぽう》がとりなして、雪蹊寺に鈴木を預かることになった。

城兵がこの雪蹊寺をとり巻いて不穏な情勢が日に増し、五十日が経過するのである。このことが家康の耳に入り、加藤嘉明《よしあき》を大将として討手が差し向けられ、彼はただちに出発し讃岐《さぬき》（香川県）に上陸した。

このような形勢に浦戸城内ではハト派が生じ、あくまでも城を渡さないというタカ派との間に、ついに同士討ちがはじまった。長浜合戦とよばれるもので、この戦いはタカ派の惨敗に終わった。

首領の竹内惣右衛門《そうえもん》以下、首をとられるもの二百七十三人という。このような同士討ちのおかげで、鈴木平兵衛は城うけ取りという大役を果たして無事帰国できた。しかし、のちの土佐は惨憺《さんたん》たるものであった。

ここにのり込んでくる新領主、山内一豊にとっては敵地にひとしい。新領主に仕官しようなどというものはもちろんいない。手勢六十人を連れて土佐入りした彼は、なまじっかなやり方でこの地を統治できるとは考えなかった。高圧的な切り捨てご免が武士にあたえられ、すこしでも反抗的なものは容赦なく斬《き》り捨てた。

そのなかでも有名なのは浦戸城の東、種崎《たねざき》というところ（いまは千松公園になっている）で催された大相撲《ずもう》で、腕自慢・力自慢のもと長宗我部遺臣の浪人たちが、賞金目あてに集まってくる。これを東は手結山《てい》、西は荒倉咥《ひる》内坂の要所で待ち伏せていて斬殺《ざんさつ》する、という荒っぽいやり方である。まず浪人どもの荒胆《あらぎも》をひしいでおく、ということであったろう。

いまひとつは鴨《かも》猟の猟師たちが、山内家の武士たちの鴨猟をやめてほしいと訴え出て、上を恐れぬもの、という罪名で鏡川堤で磔刑《たっけい》にされたことである。ふたつとも卑怯《ひきょう》であり、すさまじい見せしめでもあるが、戦国の余燼《よじん》まだおさまらない時代のことである。とりたてて残酷というわけでもなかったのかもしれない。

ともあれ、高知築城は、このような情勢のなかで着手されたのである。浦戸城は要害の地ではあったが海際の小丘の上にあって、拡張の余地がまったくない。戦国の世がようやく終わって、これからは殖産興業によって国を富ませてゆかなければならないのに、浦戸では第一、城下町を建設することが不可能であった。

土佐平野の中央にある河内の大高坂城址に新しく築城する許可をすでに家康から得ていた。

慶長六年、百々越前守安行《どどえちぜんのかみやすゆき》を築城総奉行《ぶぎょう》として工事ははじまった。なによりも治水と水害を防ぐことに重点がおかれたのはもちろんで、城は大石材を集めて築かれている。

高知城の石垣はいまも苔《こけ》むしてみごとな均整の美を見せているが、あのような大石を運搬し堅固に築きあげるに要した人力は、想像するだけでもものすごいものであったろう。一日千二百人余の人夫が働いたという。

石材は浦戸城の石を運び、瓦《かわら》は大坂に求め、木材は国内の村々から伐《き》り出させた。一豊は浦戸から隔日に出向いて工事を督励したという。八月地鎮祭、九月鍬入式《くわいれしき》となっているから、土佐としては天候のいい秋から晩秋にかけて工事は進められたことになる。

一豊が城普請の督励に出向するときは、かならず数人の影武者が随行したといわれる。体格・骨相ともによく似た数人が、まったく同じ装束いでたちで同じような駿馬《しゅんめ》に乗っていったので、いかなるものにも、そのなかのどのひとりが一豊だと指摘することはできなかった。

これだけの用心なしには城普請の督励ができなかったということは、地元生え抜きの長宗我部氏を追い出して、この土佐一国を手に入れ、長宗我部の居城浦戸城に入り、その城の石材を搬出して新しい大きな城をつくる山内氏一統を、どれほどたくさんの長宗我部遺臣たちが、怨恨《えんこん》に燃える眼でもって見守っていたか、という証《あかし》である。

このとき生じた山内新領主と長宗我部遺臣たちとの確執はなかなか根の深いものであって、慶長八年に、長岡郡本山地方におこった滝山一揆《たきやまいっき》とよばれる農民の頑強《がんきょう》な反抗となった。その後も長く尾を引いて、幕末にいたっての土佐藩の上士と下士の思想的対立のもとをなしたとさえいわれている。

幕末の土佐は、大政奉還の立役者のように派手な存在になっているが、そこにいたるまでの内紛は非常なものであった。下士を中心とする土佐勤皇党と、吉田《よしだ》東洋《とうよう》ら上層の知性派による公武合体論の争いは、東洋という第一流の学者であり、また人物でもあった人をついに暗殺するという悲劇を生み、これまた、まれにみる思想の人武市半平太《たけちはんぺいた》の獄殺という、土佐幕末史にふたつの汚点を残すことになった。

享保の大火

こうして築城工事は人海戦術でもって進行させられたが、それでも本丸・二の丸が完成したのは、まる二年後の慶長《けいちょう》八年（一六〇三）八月である。八月二十一日、一豊《かずとよ》は威儀を正して入城式を行なった。

三の丸と城の象徴である天守閣の完成はちょうど起工から十年目にあたる慶長十六年であった。

さてこうして高知城はついに完成した。その機構は、内郭が東西四町二十五間（約四八二メートル）、南北四町三十間（約四九一メートル）、天守閣は四層六階、河内《こうち》平野にそびえる威容であったにちがいない。

城下町はこの城を中心に構成されていて、その町割りは当時の城下町形式の常識によるものであった。北は江の口川、南は鏡《かがみ》川、東は堀詰《ほりつめ》、西は桝形《ますがた》の区域を「廓中《かちゅう》」とよび、城を中心にして藩の重臣・家臣を住まわせたところである。

五家老《かろう》といわれた五藤《ごとう》・深尾《ふかお》など重臣の邸宅をはじめ、廓中は周りに濠をめぐらせ、堤を築き松並木を植えて、外側の町人の居住区域とは画然と区別した。藩主をはじめ武家の威光を示すものであったろうが、ある意味では治安の目的もあったのにちがいない。武家はほとんど遠州（静岡県）掛川《かけがわ》城下から山内《やまのうち》氏に従って、あるいは招かれてきた人びとであった。

享保《きようほう》十二年（一七二七）の大火は、築城後百十年を経て、城下町として繁栄を迎えていた高知城とその城下町をただの二日間に全焼した。

享保十二年二月一日、越前《えちぜん》町の民家から出火した火事はおりからの強風にあおられて城内へ類焼し、追手門と一部を残して、三の丸・二の丸・本丸・天守閣まで総なめに焼きつくしてしまった。北は廓中の北部から大川筋・愛宕《あたご》筋まで、東は京町・種崎町・農人町・山田町・鉄砲町まで延焼した。ほとんど高知城下町の北半分を灰燼《かいじん》に帰したのである。

しかもこれで鎮火したわけではない。翌日、同じ越前町からふたたび出火している。この日は西北の風が強く、廓中は、帯屋町・鷹匠《たかじよう》町の一部を残して全焼してしまった。

町方は唐人《とうじん》町・雑魚場《ざこば》まで焼け、火は鏡川を飛び火して南岸の潮江《うしおえ》村まで焼いた、というのだから、そのすさまじさが想像できようというものである。

山内一豊築城の高知城は、こうしていちおう灰燼となった。城外の侍《さむらい》屋敷三百九十三戸、町方二千四百六十七戸、郷分（潮江など）七百二十二戸が二日間に全滅してしまったのである。まったく悪夢のようであった。

城の生む悲劇

山内氏《やまのうち》はもと、相模国《さがみ》（神奈川県）にいて平家の被官であったという。石橋山《いしばし》の戦いでは源頼朝《みなもとのよりとも》を敗走させたが、のちには頼朝の家来になり、備後国《びんご》（広島県）の地頭《じとう》職になったりもしている。

山内一豊《かずとよ》の祖先となった人物は丹波《たんば》（兵庫県）三宮《さんのみや》に住したという。祖父久豊《ひさとよ》の代に、丹波から尾張《おわり》（愛知県）に移ったと伝えられている。久豊の次男盛豊《もりとよ》が美濃《みの》（岐阜県）を経て尾張に移住、岩倉《いわくら》城主の織田信安《おだのぶやす》につかえ家老《かろう》となって黒田城をあずかっていた。弘治《こうじ》三年（一五五七）、盛豊は一夜、夜盗の集団に襲撃されて死んだとも、一説には、永禄《えいろく》二年（一五五九）、織田信長に攻められて岩倉城落城の際、戦死したともいわれる。

いずれにしても一豊が幼年にして父を失い、一家没落して母と流寓《りゅうぐう》の身の上になったことは確かである。しかし戦国の世はこの少年に幸いした。織田信長・豊臣秀吉という主君を得て、命がけの転戦ののち、一豊は山内氏を再興して近江《おうみ》（滋賀県）長浜《ながはま》城主となり、遠州掛川《かけがわ》に出世し、関ヶ原《せきがはら》の合戦のあとでは破格の出世として土佐二十万余石の国主に抜擢《ばってき》される。そこまでの道の険しさはさることながら、一豊が時運に恵まれた一代の幸運児であったことも確かである。

現在の高知城二の丸には、駿馬《しゅんめ》を連れた一豊夫人の銅像がある。

彼女の内助の功は世間周知のことではあるが、あの銅像はあまりにも具象に過ぎていて、わたしははじめて見たとき、ぎょっとする思いを味わった。聡明《そうめい》な女性であったらしい彼女も、さぞや居心地わるく立っているのではあるまいか。銅像や胸像は象徴性の高いものでなくては、なんとも無惨なものになる。フランスやウィーンを見物しているとき、その意味をつくづく悟らされた。

一豊夫人は嫁入りのときの秘めたへそくりで、夫のために駿馬を買ったことばかり有名であるが、じっさいにはさらに知的な内助の数々があったのだろうと思う。たとえば、一豊が家康に従って奥州の上杉《うえすぎ》攻めの留守を守って大坂にあったときも、大坂城方の情勢をこまかく夫に書き送ったといわれている。文箱にはさりげない手紙を入れて家来に持たせ、肝心の情報は笠《かさ》の緒のなかにこまかく裂いて、かんぜよりにして編み込み、無事夫の手もとにとどかせたという。

家康が上杉攻めから急に兵を返して、陣容のまだととのわない西軍を関ヶ原に攻めて破ることのできた情報のひとつに、一豊夫人のそれがあったといわれ、戦後の論功行賞のときに家康がそれを忘れなかったのが、あの遠州掛川の小城主から土佐二十万余石への破格の出世になったといわれる。

一豊夫人がやきもちやきであったという巷説《こうせつ》もまた高い。しかし男というもののほとんどが浮気が好きであってみれば、当然彼女とて、やきもちをやかなかったはずはない。彼ら夫婦には子どもがない。

せっかく命がけで獲得した土佐藩を、継がせる実子に恵まれなかったということは、一豊にとって一代の恨事《こんじ》であったにちがいない。しかし、側室あるいは、他の女性に生ませた子どももいないらしいところをみると、夫人のやきもちよりも、彼自身に能力がなかったのかもしれない。

二代藩主は弟康豊《やすとよ》の子、忠義《ただよし》が佐川《さがわ》城の深尾《ふかお》家から入って継いでいる。土佐が戦国の疲弊《ひへい》から立ち直り、殖産興業の実をあげ、政策的にも「元和《げんな》改革」を推進して治績をあげるのは、この二代忠義の時代である。野中兼山《のなかけんざん》が二十歳代の若き執政として登場し、一気呵成《いっきかせい》の性格によって土佐七郡の山野に、彼のあふれるような経綸《けいりん》を強行したのもこのときであった。

「寛文《かんぶん》改替の政変」といわれる野中兼山の失脚による変革がおこるのは、このあとで、忠義は隠居しその子忠豊《ただとよ》の代になる。土佐の最果ての地、宿毛《すくも》の幽獄に兼山遺族の四十年間の閉居という悲劇もこれによっておこる。兼山自身は失脚のあと一年足らずで急死してすでに亡《な》かったにもかかわらず、遺族に対して追罰というう刑が科されている。追罰という形式は、じつに陰惨なものをふくんでいるといわなければならない。

どこの城にしろ、城という白亜の天守閣をもつ権力の象徴は、かならずといってよく、いっぽうに無惨な犠牲のドラマをともなっている。むしろ当然の性格であろう。

しかし、「寛文改替の政変」による、野中家遺族の四十年間にわたる幽獄という悲劇の陰惨さは、ちょっと他に類例をみない。男は娶《めと》るを許さず、女は嫁《か》することを禁じられて、野中兼山の血はここに断絶するのである。

二代忠義から三代忠豊《ただとよ》にかけて、戦国土佐の荒廃から藩の基礎を築くたいせつな時期にあたって、そのやり方にたくさんの問題はあったにしろ、ともかく顕著な事績をあげた野中兼山を罷免《ひめん》しただけでなく、遺族一同に対して、たぐいまれな追罰を科した事実は、初期土佐藩治政にひとつの汚点を残した。この事件が高知城に投げかける一種の翳《かげ》りは否めないものがある。

それとは関係ない事柄だが、高知城の主たちは初代一豊が子どもに恵まれなかったように、その後の城主たちも嗣子には恵まれない場合が多く、わずかに分家の佐川深尾家から入った城主に嫡子《ちゃくし》相続をみるだけで、他はほとんど一代限り、他の分家から養子が入っている。

享保《きょうほう》の大火のあと、城は再建にかかり、宝暦《ほうれき》三年（一七五三）までに、ようやく再建が終わり、現在の天守閣ができた。しかし、藩の財政の窮乏はこの時期もっとも酷《ひど》かったのである。

享保十二年の大火のあと、十七年には西日本一帯にウンカの大発生があって、翌十八年、土佐ではかつて経験したことのない大飢饉《ききん》に襲われる。当時の書物で見ると、高知城の南方鏡《かがみ》川の対岸潮江《うしおえ》から浦戸《うらど》へこえる宇津野峠《うつのとうげ》には、餓死者が折りかさなるという惨状であったという。しかもこのとき藩では上方へ米を移出、売却しているという大失政がある。

八代藩主、豊敷《とよのぶ》の時代で、彼自身は英明果断の人といわれた深尾家の出身家老《かろう》山内規重《のりしげ》の子で、教授館も設置したり、目安箱を設けて大多数の意見もとりあげようとしたり、やる気十分の藩主であったが、いかんせん、大火と大飢饉で財政の窮乏に苦しみ抜いている。

あとを継いだ九代豊雍《とよちか》は「十万石縮《ちぢみ》」という大節約令を敢行して財政の立て直

しをはかっている。

徳川幕府は「百姓は生かさず殺さず」というのが政策であったというが、「武家諸法度《はっと》」によって、大名もまたけっして富裕になることはできないしくみになっていた。高知城主たちも、台所は火の車という状態だったらしい。参勤交代の費用だけでも並みたいていではなく、他の諸藩と同じく上方《かみがた》の豪商からの借入金で急場をしのいでいた。

幕末から現在へ

高知城のもとの機構はどのようなものであったのか、廃藩後、建物の大部分がとりこわされてしまったので、わたしにはよくわからない。

現存している天守閣・懐徳館・納戸蔵《なんどぐら》・黒鉄門《くろがね》・東多門《たもん》・西多門・詰門・廊下

門・追手門・矢狭間塀《やざまべい》などは、再建当時を伝えるものとして、国の重要文化財に指定されている。

高知城がもっとも活気にあふれ、ときには夜を徹して大広間にかゝなえの沸《わ》くような大評定《ひょうじょう》をくり返したのは、幕末の一時期であろう。

土佐《とさ》勤皇党の趣意書は、「錦旗《きんき》もし一度揚がらば、団結して水火をも踏む」ことを神明に誓って、命がけで国難にあたろうとする意気は壮なるものがあるけれど、ほとんどが下士・郷士であって、ひそかに脱藩して京都に集まり、長州や薩《さつ》摩《ま》の勤皇武士たちと連絡を保ちながらの活動であって、藩そのものを動かす力にまで成長することが非常に困難であった。

藩そのものは十五代藩主の豊信《とよしげ》(容堂《ようどう》)をはじめ、参政に抜擢《ばってき》された吉田東洋《よしだとうよう》が、頑固《がんこ》な佐幕派であり、開国・公武合体論者であった。藩の地理的条件も、薩摩や長州とはおのずから危機感において異なるものがあったであろうし、山内《やまのうち》氏は初代一豊《かずとよ》以来の徳川家からうけた恩顧を忘れていなかった。

もともと上士と下士の対立感情のはげしい土地に、攘夷《じょうい》と開国、佐幕と勤皇という時代の二大潮流がぶつかり合ったのだから、よほど傑出した人材、力量だけではなく、人間的魅力にあふれる人物の登場なしには局面の打開が不可能な状態にあった。

容堂は南邸山内氏という分家から入って主家を継いだ人で、人間的にはおもしろい人であったが、藩主としては人間のおもしろさだけではのり切れない難関にたえず遭遇している。

安政《あんせい》の大獄で彼は隠居謹慎《きんしん》を命ぜられ、品川の下屋敷で放蕩《ほうとう》無頼の毎日を送っていたが、土佐藩の勤皇党にとってはこのあとこそがたいへんであった。

藩主は土佐藩最後の十六代豊範《とよのり》になっている。土佐勤皇党は坂本龍馬《さかもとりようま》・武市《たけち》半平太《はんぺいた》をはじめ、稀有《けう》の人物に恵まれていたので有終の美をなすことができた。

坂本龍馬はあまりにも周知の傑物だからここではいまさらいわない。土佐勤皇党の盟主武市半平太の悲劇には、坂本龍馬の挫折《ざせつ》よりもいっそうの文学的悲劇をわたしは感じている。

武市半平太は長岡郡仁井田《にいだ》郷吹井の郷士で、本名は小楯《こだて》、号を瑞山《ずいざん》といった。

生家はいまも保存されていて、いつか女優の岡田嘉子《よしこ》さんがソビエトから数十年ぶりで帰国したとき、ここを訪れて、邸《やしき》へ行く野道の土の香に、はじめて日本に帰った心地がした、と語っていたものである。

彼はたいそう剣術にすぐれていた。江戸では桃井春蔵《もものいしゅんぞう》の門下となり、文久《ぶんきゅう》元年（一八六一）江戸に出て、長州の久坂玄瑞《くさかげんずい》、薩摩の樺山三円《かばやまさんえん》らと相知り、薩長土の提携を策して奔走する。その年に帰国して土佐勤皇党を結成するのである。

吉田東洋をたおさなければ運動は成功しないというのが若い党員たちの圧倒的な意見で、それに突きあげられて、ついに彼もそれを許す。しかし武市は東洋を傷つけて参政の第一線から引退させることは願っていても、殺すことまでは望んでいなかった。若い刺客たちにも、「殺すなよ」といったといわれている。しかし血気にはしる若い党員たちの命がけの襲撃は、手心を加えることなどできない相談だ。

藩主豊範の江戸参勤の日が近く、文久二年四月八日、東洋は高知城二の丸に招かれて、最後の講義となった『日本外史』と『信長公記』の「本能《ほんのう》寺の変」のくだりを進講している。最後の進講というので酒肴《しゆこう》が出て、若党ひとりの伴《とも》を連れ、微醺《びくん》を帯びての帰途、那須信吾《なすしんご》・安岡嘉助《よしすけ》・大石団蔵《だんぞう》の三人に襲われる。その首は城西の雁切橋《がんきりばし》の畔《たもと》にさらされ、斬奸状《ざんかんじょう》が立てられるという結果になった。

このあと藩主豊範に従って上京して、しばらくの間は彼の存分の活躍のできた時期であった。しかし容堂は公武合体論を捨てず、自分が抜擢《ばってき》登用してその人物を買っていた吉田東洋を、無惨に暗殺した武市を感情的に憎悪するようになる。やがて翌年八月十八日、帰国を命ぜられた瑞山は投獄され、慶応《けいおう》元年（一八六五）、自刃を命ぜられる。久坂玄瑞は、明らかに死の待っているこの帰国をとめ、身をもってこの得がたい友をかくまおうとした。

しかし瑞山は彼の好意を感謝したが、やはり帰国すると言明した。容堂の怒りを鎮《しず》め説得する自信があったのか、それとも君臣の絆《きずな》を重くみていたのか、あるいは自身の運命を悟っていたのか、他人にはうかがい知るべくもないことである。

三年間の獄中生活は悲惨をきわめた。外には一刻も流れやまない幕末の時代の動きがある。瑞山はしかし、その間も獄中で悠々《ゆうゆう》と自画像を描き、美人画をものし、またおりおりは富子《とみこ》夫人にあてて手紙を書いている。

それらを見ると、いかに彼が多芸多趣味の人であり、文学的才能も豊かな、人間的魅力にあふれた男であったかがよくわかる。ことに、蓬髪瘦軀《ほうはつそうく》の痛ましい自画像は鬼気迫るものがあって、その前を去りがたい思いがする。しかし、手紙や画賛にも一言の怨情《おんじょう》もなく、むしろ洒脱《しゃだつ》な彼の心意気がよく出ているのである。

「春雨じゃ、濡《ぬ》れてまいろう」の月方《つきがた》半平太は武市半平太をモデルにしたものだといわれているが、彼は写真を見てもまれなる美丈夫というほかはない。大きな眼、秀でた額、しかも六尺（約一八〇センチ）豊かな男性であったという。京の祇園《ぎおん》・島原《しまばら》の女たちが命を捨ててもと張り合ったと伝えられるのも、なるほどと肯《うなず》けるものがある。

つい二十数年ほどまえまで、彼の美丈夫ぶりを、子どものころ京都で目のあたりに見て眼に焼きついているという老人に、めぐり合った友人がいたことを思い出す。

山内容堂は、晩年よく夢のなかで呻吟《しんぎん》し、身悶《もだ》えして、

「半平太、赦《ゆる》せ！　わしがわるかった――」

と絶叫しながら、全身汗にまみれて目を覚ますことがあったと伝えられている。

大政奉還の大目的達成直後の京都近江屋《おうみや》における、坂本龍馬の夭折《ようせつ》は、どこか彼らしいといえる自然の激流のなかでの最期であるが、武市半平太の獄中三年のあとの切腹は、容堂の感情的な憎悪なしにはありえないものであった。大政奉還の二年まえである。

藩主という権力者の座は最後まで血にまみれていたともいえる。

高知城はいまはすべてのドラマを内に包んで今日も、南海の抜けるような蒼空《あおぞら》に、小柄な美人のような天守閣の美を見せている。城としての生命を終わってすでに百年あまり、先年は白蟻《しろあり》に荒らされて解体修理を加えた。

二の丸・本丸・三の丸も春は桜花におおわれて、天守閣は花の霞《かすみ》の上に浮かんでいる。梅の段、桃の段などの季節の花も美しく、葉桜に風のかおる初夏もいい。子どものころ正午にはお城の午砲《ドン》が鳴ることになっていた。たまたまその時刻に公園にいあわせると、耳を両手でおさえていまか、いまかと待ったものである。

女学生のころ下宿していた大川筋の武家屋敷の庭には、柿の古木がたくさんあって、その梢《こずえ》の上に天守閣が見えていた。秋から冬にかけて夕焼の美しいとき、一天燃える空を背に黒くシルエットになる天守閣は、ひとつの象徴として、少女であったわたしに語りかけた。いまもその姿が目に残っている。

（お断り）

本書は1989年に小学館より発刊された「日本名城紀行」シリーズを底本としております。
あきらかに間違いと思われるものについては訂正いたしましたが、
基本的には底本にしたがっております。
また、底本にある人種・身分・職業・身体等に関する表現で、現在からみれば、
不当、不適切と思われる箇所がありますが、著者に差別的意図のないこと、
時代背景と作品価値とを鑑み、原文のままにしております。

日本名城紀行 6

Classic Revival

2018年6月18日　初版第1刷発行

著者　遠藤周作、井上友一郎、豊田穣
　　　馬場あき子、山田風太郎、安西篤子
　　　早乙女貢、赤江瀑、大原富枝

発行者　清水芳郎

発行所　株式会社　小学館
〒101－8001
東京都千代田区一ツ橋2－3－1
電話　編集　03－3230－9727
　　　販売　03－5281－3555

印刷所　中央精版印刷株式会社

製本所　中央精版印刷株式会社

装丁　おおうちおさむ（ナノナノグラフィックス）

ISBN978-4-09-353112-2